UN MOMENTO DE DESCANSO

Libros de Antonio Orejudo
en Tusquets Editores

ANTONIO OREJUDO
UN MOMENTO DE DESCANSO

MAXI
TUSQUETS
EDITORES

1.ª edición en colección Andanzas: febrero de 2011
2.ª edición en colección Andanzas: abril de 2011
1.ª edición en colección Maxi: septiembre de 2012

© Antonio Orejudo, 2011

Ilustración de la cubierta: *Oh happy day!,* fotografía de Harold M. Lambert.
© Archive Photos / Getty Images

Fotografía del autor: © Ivan Giménez / Tusquets Editores

Diseño de la colección: FERRATERCAMPINSMORALES

Reservados todos los derechos de esta edición para
Tusquets Editores, S.A. - Cesare Cantù, 8 - 08023 Barcelona
www.tusquetseditores.com

ISBN: 978-84-8383-615-6
Depósito legal: B. 21.202-2012
Impresión y encuadernación: Black print CPI (Barcelona)
Impreso en España

Índice

Para Helena

1

Aparece un fantasma

Me encontré con Arturo Cifuentes en junio de 2009. Yo estaba firmando ejemplares en la Feria del Libro de Madrid cuando apareció en la caseta de la editorial.

Dice uhhh, uhhh, soy un fantasma del pasado que viene a perturbar el presente.

Lo reconocí de inmediato. Estaba igual, o esa impresión me dio vestido con sus habituales tejanos negros y la americana de siempre.

Digo ¡Cifuentes!

Y salí de la caseta a darle un abrazo.

Tenía algo menos de pelo, pero apenas había engordado.

Dice soy un fantasma, ¿no te doy miedo?

Digo no, hombre, no. Cómo me vas a dar miedo, me has dado una alegría. Vaya aparición. Digo ¿qué haces tú aquí?

Dice yo vivo aquí, el que vive fuera eres tú.

Digo ¿cómo que vives aquí? ¿Te has vuelto de Estados Unidos?

Dice sí, hace ya más de un año que volví.

Digo ¿y Lib? Digo ¿y Edgar?

Dice han pasado muchas cosas, Antonio, muchísimas, desde que nos escribimos por última vez. Algunas son grotescas, otras escalofriantes y otras..., bueno, otras no te las vas a creer.

Hacía diecisiete años que no nos veíamos. Habíamos intentado mantener el contacto por carta, pero al final dejamos de escribirnos. A mí me hubiera apetecido que allí mismo, en aquel momento, Cifuentes me contara todas esas cosas grotescas, escalofriantes e increíbles que le habían sucedido, pero aquella mañana no podía quedarme con él mucho tiempo. Le propuse que comiéramos juntos al día siguiente en Bartleby, pero Cifuentes se negó en redondo. No se negó a que comiéramos juntos, sino a hacerlo en Bartleby. Estaba harto de hojaldres de puerro al lecho de mariscos con mermelada de plátano caramelizado. La alta cocina se había hecho demasiado accesible al gran público, dijo y soltó una carcajada. Echaba de menos las mollejas y la oreja a la plancha.

Dice además mucho refinamiento y mucha metagastronomía pero los de Bartleby ponen Avecrem en la Sopa Joyce. Yo soy alérgico al glutamato y la última vez que estuve allí acabé ingresado en urgencias, así que nada de Bartleby; te propongo Calagüela.

Calagüela era una vieja taberna de nuestra juventud que todavía sigue abierta, por detrás de la Gran Vía, en la calle Desengaño, un nombre muy apropiado para lo que vino después. Allí quedamos, y entre patatas bravas y champiñones a la plancha, Cifuentes me contó que se había divorciado de Lib y que se había venido a Madrid, a la universidad, con un puesto de profesor invitado que tendría que haberse convertido hacía tiempo en una plaza de catedrático. Eso era lo que le habían prometido. Él había renunciado a los beneficios económicos de dieciséis años de vida profesional en Estados Unidos para instalarse definitivamente en España. Por el momento –y subrayó varias veces lo de *por el momento*–, por el momento no se arrepentía. Aunque la plaza de catedrático estaba tardando demasiado en salir, no se veía cogiendo otra vez un avión y regresando de nuevo a Missouri. ¿Qué iba a hacer él en Missouri?

Me extrañó lo de Missouri. Yo no sabía nada de esa mudanza. Los hacía en Manhattan, en un apartamento de la calle Cuarenta y seis. Cifuentes en Rutgers University y Lib, a punto de dar a luz, con una beca posdoctoral en el Hospital de San Peters. Pero, claro, de aquello hacía diecisiete años y en todo aquel tiempo habían sucedido algunas de las cosas grotescas, escalofriantes e increíbles que me había anunciado el día anterior: había nacido Edgar y a los dos años le habían detectado una leve minusvalía intelectual causada por un encadenamiento defectuoso del ADN. Síndrome del cromosoma frágil, se llamaba.

Lib había abandonado la hematología y se había centrado en el estudio de aquella enfermedad desconocida. Durante los diez años siguientes no leyó una página que no tuviera que ver con el síndrome. Abrió su propia línea de investigación, publicó infinidad de trabajos, consiguió fondos federales y terminó llamando la atención de laboratorios y universidades. Una de ellas, la Universidad de Missouri, le ofreció un puesto en su prestigioso Departamento de Genética y Biomedicina. Y como los encargados de contratarla la vieron muy poco inclinada a cambiar su apartamento de Nueva York por una casa estilo ranch en el Medio Oeste, pusieron sobre la mesa otro contrato para su marido, tan generoso como el suyo aunque en un departamento menos prestigioso y más oscuro, el Departamento de Spanish.

Pero no se mudaron a Missouri sólo por dinero. Aceptaron también porque Missouri representaba una inmejorable oportunidad de ser infelices. Sí, de ser infelices. Missouri les ofrecía la posibilidad de sufrir, de crearse unos cuantos problemas con el fin de solucionarlos y eso, cuando surge, hay que aprovecharlo. La teoría de Cifuentes era que los seres humanos somos máquinas de resolver problemas, que estamos programados genéticamente para sobrevivir en circunstancias adversas, lo cual es fantástico cuando se vive en las cavernas. Pero hoy, cuando los problemas básicos están solventados y muy poca gente vive en cuevas, ese poderoso mecanismo de resolución se resiste a desaparecer, y tenemos que llevarlo colgando, interfiriendo en nuestra cómoda vida de urbanitas. Los occidentales del siglo XXI no tenemos problemas. Salvo que llamemos problemas a quedarnos sin tóner en la impresora o sin periódico el domingo por la mañana. Vivimos con relativa placidez hasta que un día la máquina de resolver dificultades, que ha estado todo ese tiempo al ralentí, se pone espontáneamente en funcionamiento. Entonces te entran ganas de escalar el Everest o de mudarte a Missouri.

Y se mudaron a Missouri. Cifuentes viajó con Edgar en coche, circulando aterrados por las autopistas interestatales, el reino de los camioneros, que conducen día y noche bajo los efectos de la cocaína, y durmiendo en moteles de carretera. Hacía mucho tiempo que Cifuentes no dormía con su hijo. Desde que era un niño no había vuelto a verlo desnudo. Le sorprendió que fuera tan peludo y que tuviera un paquete genital tan grande: macroorquidia, se llama esa hipertrofia genital asociada al síndrome.

Debería ser obligatorio que padres e hijos compartieran habitación dos o tres veces al año. Descalzarse, mostrar la propia vulnerabilidad, reconocer que se tienen meñiques y uñas que hay que cortar en una postura nada fácil, quitarse la ropa en una habitación desapacible y húmeda, ponerse un pijama grotesco... ¡Cómo los acercaría todo eso!

Cuando llegaron a Columbia, la pequeña ciudad de Missouri donde estaba la universidad, el camión de la mudanza acababa de entrar en Cincinnati, y ellos tuvieron que pasar otra noche más en un hotel. Aquella vez la habitación del Holiday Inn no tenía camas separadas, sino un enorme colchón Queen Size, que no hubo más remedio que compartir.

Tumbados uno al lado del otro mientras veían una película de acción en la tele, mantuvieron una prudente distancia y evitaron hacer referencia a la situación. Pero al apagar la luz, Cifuentes empezó a hablar:

–¿Cuántos años tienes, Edgar? ¿Trece?

–Pronto catorce.

–Estaba intentando recordar cuánto tiempo hacía que no dormíamos en la misma cama. ¿Diez? ¿Once años tal vez? Soy consciente de que compartir cama conmigo te produce embarazo; no vayas a creer que no lo sé. Me imagino a mí mismo durmiendo con mi padre, y puedo sentir tu malestar. Pero hubo un día en el que dormir juntos era lo mejor que podía sucedernos. Seguro que no te acuerdas. Tu memoria borra eso; no podrías vivir recordándolo y echándolo de menos. Dormir en una tienda de campaña, abrigados en el interior de nuestros sacos, era un plan estupendo. Un plan estupendo para los dos.

Como Edgar no contestó y como era evidente que se sentía incómodo con aquel repentino ataque de sentimentalidad, Cifuentes optó por cerrar los ojos y dormirse. Se despertó cuando empezaba a clarear, pero no se levantó de inmediato; se quedó un rato boca arriba, oyendo la pesada respiración de Edgar, que dormía a su lado hecho un ovillo. Tenía el brazo extendido, como si hubiera querido abrazarlo durante el sueño y se hubiese arrepentido a última hora.

Cuando se despertó llovía a mares. Se dieron un chapuzón en la piscina climatizada del hotel, que imitaba unos baños romanos con columnas de mármol sintético; desayunaron un country breakfast y dieron un paseo por el mall cubierto, donde se encontraba el Holiday Inn. Como a Edgar le encantaba inspeccionar nuevas cadenas de supermercados, entraron en una que no conocían, Snuckers, y aprovecharon para comprar algunas provisiones y productos de limpieza. A Cifuentes le asustó el entusiasmo de su hijo al percibir una vaga posibilidad de compra, y se sintió obligado a ejercer de padre.

–Edgar, lo primero que hay que hacer al entrar en un nuevo supermercado es desenmascarar su retórica, adivinar el criterio de distribución, familiarizarse con las marcas y luchar contra las fuerzas que impelen a comprar. Hay un protocolo de seguridad básico. Primera norma: no entrar jamás con el estómago vacío. Los ambientadores de especias y las combinaciones cromáticas de las secciones de alimentación inciden con virulencia en los sistemas que no han iniciado procesos digestivos. La actividad pancreática anula esos estímulos. Sólo tienes que comer unas galletitas antes de entrar. La megafonía interna también difunde sugerencias subliminales de compra. Por lo tanto, segunda norma del protocolo de seguridad básico: lleva tu propia música y escúchala con auriculares. Aunque nada es tan efectivo como mantener la tensión durante el proceso de compra y preguntarse de modo consciente dos y hasta tres veces por qué y para qué queremos lo que nuestra mano acaba de alcanzar. Es importante verbalizarlo, oírte a ti mismo la pregunta. ¿Para qué diablos quiero esto? Los compradores compulsivos y los adictos al sexo responden a los mismos estímulos y tienen la misma inflamación del córtex. Parece increíble, pero los supermercados idean estrategias de excitación sexual para vender sardinas en aceite o salsa de tomate.

–No me lo creo.

–No te lo crees porque no mantienes la conciencia durante el proceso de compra.

–¿Qué es el proceso de compra?

–Hacer la compra.

–¿Y por qué no lo llamas *hacer la compra*?

–Porque eso no cambia las cosas, Edgar. Mira, dame eso que acabas de alcanzar, ¿qué es?

–Un desincrustador de coffee-maker.

–Tú has cogido un desincrustador de coffee-maker y yo he cogido un limpiador con olor a bosque. Ahora tómate la molestia de analizar la sección de limpieza donde nos encontramos. A la derecha, a la altura de tu mano, están los productos caros e inútiles. Eso lo sabe todo el mundo, te lo enseñarán este año en la High School. Ahí estaba el desincrustador de coffee-maker, ¿verdad? Bien. A la izquierda, el lugar adonde se dirigen por instinto o por reflejo adquirido los clientes contraculturales y los zurdos, los que de algún modo son conscientes de esta manipulación pero desconocen los procedimientos, están los artículos más caros y más inútiles todavía. Los supermercados detestan a ese segmento de clientes, y le tienden trampas como esta.

–¿Y dónde están según tú los productos que se deben comprar?

–Abajo, siempre abajo. Ahí es donde estaba el limpiador con olor a bosque. En la civilización occidental cada vez hay menos gente dispuesta a ponerse en cuclillas.

El camión de la mudanza llegó esa misma mañana y Lib lo hizo en un vuelo a primera hora de la tarde. Aunque la casa que habían alquilado por internet era tipo ranch, de una planta y no muy grande, tenían mucho trabajo por delante. Había que distribuir las habitaciones, había que limpiarlas, había que quitar el polvo de los armarios, hacer los cuartos de baño y meterse a fondo con la cocina. Limpiar para tomar posesión, sustituir los gérmenes ajenos por gérmenes propios. Apoderarse de las cosas a través del olfato, esa era la meta señalada por el instinto. Querían que aquella madriguera oliera a sus emisiones y flujos. Como los perros. Solo que Cifuentes y los suyos no iban a orinar en las alfombras, no estaban dispuestos a llegar tan lejos; se limitaron a usar el producto de limpieza con olor a bosque, y a expeler gases con más o menos secreto, dejando en el ambiente desinfectado la fragancia de sus feromonas y transpiraciones.

Lib llevaba la voz cantante. Poned esto aquí, poned esto allá. A Cifuentes le señaló el lugar exacto donde quería un enchufe. Le preguntó si sería capaz de ponerlo sin destruir la casa, lo cual era difícil. Por lo que yo recuerdo, Cifuentes era torpe y nunca se le dieron bien las manualidades. Hubo un tiempo, mientras escribía la tesina sobre José María Pemán, en que Cifuentes había jugado a ser un erudito sin contacto con la realidad y a sentirse orgulloso por no ser capaz de cambiar una bombilla. Pero en los últimos tiempos su inutilidad lo avergonzaba.

En la casa de al lado vivía un matrimonio de jubilados, Bartholomew y Georgina, que al verlos aparecer se presentó en casa y les ofreció su ayuda. Barth era un manitas. Viéndolo trabajar, admirando su familiaridad con las herramientas, su dominio de ese audaz vocabulario especializado, Cifuentes se sentía minusválido. ¡Cómo le gustaría unir a su especialidad en Pemán ese remangarse con virilidad y decisión para arreglar el goteo de la cisterna o cambiar el diferencial del cuadro eléctrico!

Y el caso es que hacer un agujero para fijar un enchufe no podía ser tan difícil. Se conectó a internet con su celular, escribió en Google *cómo hacer agujero pared* y siguió las instrucciones al pie de la letra. Lo primero era comprar un taladro inalámbrico, una broca de 6 mm para hormigón, una caja de tacos, otra de tornillos, un cajetín estándar y un enchufe de fuerza. Lo segundo, marcar con la punta de un lápiz el lugar exacto donde quería perforar. Luego, montar la broca en el taladro y colocar la punta de la misma sobre la marca a lápiz. A continuación, hundirla ligeramente en el yeso para evitar deslizamientos, sujetar el taladro con firmeza y apretar el gatillo.

Cuando la polvareda se disipó, Cifuentes contempló el boquete con los brazos en jarras. No entendía lo sucedido. ¿Demasiada velocidad en el taladro quizás? Sí, quizás. Aunque tampoco podía decirse que la constitución de la pared fuera muy sólida. Había apretado el gatillo y lo había mantenido presionado los treinta segundos que decía Google, pese al ruido ensordecedor y al polvo que se había levantado. Una densa nube le había impedido ver el desarrollo de la perforación. Había sentido que la broca vencía varias capas de pared y había notado también pequeñas esquirlas de ladrillo clavándose en su rostro. Se llevó la mano a la cara y vio que las yemas de los dedos estaban ligeramente teñidas de sangre. Pero eso no le preocupaba. Lo que le preocupaba era que a través del boquete podía verse el cuarto contiguo.

En fin, mejor dejarlo así. Lo taparía en otra ocasión, porque en ese momento no se veía capaz de coger el coche otra vez e ir al mall en busca de masilla o de lo que se usara para tapar agujeros de pared. Lib no decía nada, pero él sabía qué estaba pensando. Luchó para no dejarse vencer por el desaliento. Estaba cansado, y si cedía, acabaría viéndolo todo negro. El pesimismo era una amenaza silenciosa, un mar capaz de retroceder dos kilómetros para regresar en cualquier momento convertido en una ola gigante de todo-va-a-salir-mal.

Esa noche cenaron Buffalo wings en un restaurante del mall. Volvieron a casa ahítos, con la tripa llena de coca-cola. Cifuentes se acostó con una insoportable sensación de insignificancia. Esa impresión de estar perdido en un mundo inabarcable y excesivo nunca le abandonó del todo durante los años que vivió en Estados Unidos. Cuando apagaron la luz le pidió a Lib que elaborara una lista de cosas que él hacía bien.

–Haces bien el amor.

–Más cosas.

–Eres un buen padre, un buen marido.

–No, no lo soy. Ni buen padre ni buen marido. Mis relaciones están demasiado basadas en lo físico. Mi amor está sujeto a que no te extirpen el ano o a que sigas siendo gordita.

–¿Es lo único que te gusta de mí? ¿Que sea gordita?

–Y que no te hayan extirpado el ano.

–Haré todo lo posible para que las cosas sigan así.

–Como padre soy un desastre. Apenas hablo con Edgar, y cuando lo hago sólo digo tonterías de neurótico. Cómo sobrevivir en un supermercado. Pura teoría.

–Eres un buen pemanista. Un buen profesor de universidad. Tienes buenas ideas y las expresas con brillantez. Tus trabajos son leídos por muchas personas y tus artículos son respetados.

–¿De qué me serviría todo eso si hubiera una catástrofe natural? ¿Podría salvarme o salvaros con mis artículos sobre José María Pemán? No sé hacer fuego, no sé desplumar un ave, despellejar un conejo o afilar un cuchillo. No sé cómo se combate el frío, no sé cuáles son los antídotos para las picaduras habituales, ni conozco remedios caseros contra las quemaduras.

Si nos perdiéramos en la nieve, no sabría si lo mejor es moverse para no morir congelado o hacer un hoyo para meterse dentro. Los autores no se ponen de acuerdo, Lib. ¿Hay que beberse o no hay que beberse la propia orina cuando uno se pierde en el desierto?

Lib se volvió y le dio la espalda. Era su manera de pedirle que se callara.

–Duérmete tranquilo. No vamos a perdernos en la nieve ni en el desierto.

Cifuentes la estrechó de tal modo contra él, que Lib pudo sentir su corazón a la altura del omóplato. Cifuentes cerró los ojos e imaginó las arterias de aquel cuerpecito redondo como tuberías carnosas y flexibles, de enorme sección, por las que viajaba el caudaloso torrente de sangre que mantenía su calidez. A veces sin embargo, a pesar de su excelente circulación sanguínea, a Lib se le quedaban los pies fríos y él dejaba que ella los metiera entre los suyos, o entre sus templados muslos. Pero aquella noche el que tenía los pies fríos era él, y ella la que se los cobijó. Y así, abrazado al tibio cuerpo de Lib, sintió cómo se producía entre ambos ese misterioso trasvase de calor.

El primer día de clase Lib y Cifuentes acompañaron a Edgar a la Dragon High School, donde lo habían matriculado. Aparcaron tras un Buick azul y se ofrecieron a entrar con él, pero Edgar prefirió ir solo. Ni siquiera los dejó salir del coche. Tuvieron que conformarse con verlo caminar hacia las columnas de la entrada principal.

Había otros padres en el parking, todos en el interior de sus vehículos. Se fijaron en una madre con ínfulas aristocráticas; en otra, horrorosa, con una infección facial que los psicólogos debían de haberle recomendado que luciera con orgullo. Su hijo era obeso. Y había también un obrero especializado y forzudo, con unos ojos minúsculos, que iba en su furgoneta pick up con el mono de trabajo. En la espalda se leía *Dock Repair*. Había un padre que se parecía a Tony Soprano, con sus gafas de sol y sus hechuras italianas, y que miraba a las mujeres como si fueran yeguas. A todos ellos sus respectivos hijos también les habían prohibido bajarse de los coches y acompañarlos a la entrada. Todos sentían lo mismo. Todos: los feos, los guapos, los listos y los tontos, los que no habían leído un libro en su vida y los que habían leído a Shakespeare, los aficionados a la música clásica y los que tenían mal oído, los que eran muy observadores y los que no observaban nada, los que obtenían placer contemplando cuadros y los que no entendían nada de pintura. Todos estaban embargados por el mismo sentimiento, pudieran o no expresarlo con palabras esdrújulas y subordinación compleja. De hecho, cuando una melodía dulzona y pegadiza llegó hasta ellos como el olor de los pasteles recién hechos al olfato de los dibujos animados, el hombre del Buick azul que tenían delante salió del coche, se subió al capó y empezó a cantar:

EL HOMBRE REPEINADO DEL BUICK AZUL
Ay, ay, ay, qué deprisa ha crecido mi hijo.
Ay, ay, ay, y eso que yo le suministré
unos polvos mágicos
para retrasar su crecimiento
y poder así disfrutar más de él.
Fíjate, ayer en el colegio
y hoy ya en la High School.
En la High School.
En la High School.
En la High School.

LA DEL PEINADO CON ÍNFULAS ARISTOCRÁTICAS
ASOMANDO LA CABEZA POR LA VENTANILLA
Pero no hubo manera
de retrasar el crecimiento.
No, no, no.

LA DE LA INFECCIÓN FACIAL
Pero no hubo manera.
No, no, no.

TODOS
Pero no hubo manera.
No, no, no.

EL QUE SE PARECE A TONY SOPRANO APEÁNDOSE
DEL COCHE
Creció, como todos, sin que me diese cuenta.

EL OBRERO ESPECIALIZADO DE DOCK REPAIR
Y eso provoca en mí una sensación agridulce.

TODOS
¿Cuál, cuál, cuál?

UNO QUE HA LEÍDO A SHAKESPEARE
Me gusta verlo crecer,
constatar su buena salud,
pero me desgarra que se haga grande,
y que nunca más pueda morderlo.

EL QUE SE PARECE A TONY SOPRANO
Aquel cachorro mullidito
se ha esfumado para siempre.

EL HOMBRE REPEINADO DEL BUICK AZUL
Ahí dentro hay peligros y trampas
que le harán daño.

CIFUENTES
Y nosotros no estaremos allí para advertirle,
para protegerlo.

LA DE LA INFECCIÓN FACIAL
Sé que las cosas tienen que ser así.
El único modo de que sobreviva
sobre la faz de la tierra
tras mi desaparición
es sometiéndose a todos los peligros
que lo acechan.

LA DEL PEINADO CON ÍNFULAS ARISTOCRÁTICAS
Que lo acechan.

EL QUE SE PARECE A TONY SOPRANO
Que lo acechan.

EL OBRERO ESPECIALIZADO DE DOCK REPAIR
Me arrepiento de todas las veces
en las que le he dicho que no a sus juegos.

EL QUE HA LEÍDO A SHAKESPEARE
Me arrepiento de haber dejado pasar
tantas oportunidades de abrazarlo,
de besarlo
y de lamerlo.

EL HOMBRE REPEINADO DEL BUICK AZUL
Ay, ay, ay, qué deprisa ha crecido mi hijo.

LA DEL PEINADO CON ÍNFULAS ARISTOCRÁTICAS
Ay, ay, ay, y eso que yo le suministré

LA DE LA INFECCIÓN FACIAL
unos polvos mágicos

EL OBRERO ESPECIALIZADO DE DOCK REPAIR
para retrasar su crecimiento

EL QUE HA LEÍDO A SHAKESPEARE
y poder así disfrutar más de él.

Fíjate, ayer en el colegio

CIFUENTES
y hoy ya en la High School.

TODOS
En la High School.
En la High School.
En la Hiiiiiigh Schoooooooool.

—¿Sabes lo que siento? —preguntó Cifuentes una vez que dejó de oír la música—. Pienso que lo quiero con toda mi alma, Lib. Mucho más que a ti.

—Arturo, por favor. Que el niño no se va a la guerra, sólo se va a clase.

—A veces, Lib, me apetecería un poco más de pesimismo y de lamentación por tu parte.

—Sabes que yo no me lamento nunca.

—Lo sé. Y eso, que me atrajo siempre de ti, otras veces me resulta odioso. Y además es mentira todo lo que has dicho. Edgar nos necesita todavía. Lo sabes tan bien como yo. Y estoy seguro de que ahí dentro hay más peligros que en la guerra.

Quizás Cifuentes exageraba un poco, pero no mucho. Para Edgar la High School fue la puerta de entrada a otro mundo. El primer día lo cachearon, comprobaron la vigencia de su seguro, lo hicieron pasar por el detector de metales, lo sometieron a un análisis rápido de drogas y alcohol, y le proporcionaron el equipamiento básico: un mono de trabajo, una mascarilla antigás, guantes de látex y un táblet. Luego cada alumno tuvo que rellenar un formulario personal para que la computadora central distribuyera a los novatos atendiendo a parámetros de compatibilidad y eficacia. Introdujeron los datos en la computadora y en una fracción de segundo fue asignado a Elite B, segundo piso, room # 2.41, fila 5, asiento 9.

En su mesa encontró el horario, la lista de asignaturas y los profesores que las impartían: John O'Neill, de Matemáticas; Alison Maginn, de Gramática; Román de la Campa, de Desarrollo Artístico; Michael Ugarte, de Aptitudes Deportivas; Ann Rueda, de Tormenta de Ideas y Desinhibición de Actitudes Bloqueadoras de la Personalidad; Benjamin Awlodroski, de Comportamiento Ciudadano y Prevención de Catástrofes; Sheila Candelario, de Tecnología; Lou Marnello, de Experimentación y Divulgación Científica, y Dina DiHermes, de Baile Antiguo y Contemporáneo.

El Departamento de Spanish que contrató a Cifuentes para atraer a su esposa era como todos los departamentos de Spanish: un pasillo con puertas a los lados que discurría alrededor de una pequeña sala común. Terminaba en el mismo punto en el que comenzaba, como una atracción de feria. Y tenía un poco de tren de la bruja y cierto aire de abandono. Como si alguien hubiese decidido que las actividades llevadas a cabo en su interior no precisaban ya nuevos medios o instalaciones modernas. El equipamiento ofimático, que debió de deslumbrar el día de su inauguración en la década de los cincuenta, estaba ya obsoleto. Sacapuntas de manivela atornillados a la mesa del profesor, una verdadera preciosidad; pupitres de madera, cuyo asiento se levantaba con un chirrido, una pequeña sofisticación, una elegante deferencia del fabricante a un tipo de usuario, educado y cortés, que ya ha desaparecido; vitrinas, maderas auténticas, olores rancios y mapas políticos que conservaban el territorio de la URSS.

Sus colegas estaban tan obsoletos como el mobiliario. El director del departamento se llamaba Bernie Menlove, y era la máxima autoridad mundial en *El sabio Salamanquesa*, un poema didáctico del siglo XVIII firmado por el maestro Pablo Mora-Rey. Benita Zwtova, especialista en los hermanos Álvarez-Quintero, era la directora de Estudios Graduados. Leopoldo Zapata hacía Colonial y Siglo XIX latinoamericano. Su único libro era un estudio sobre la figura del gaucho en la literatura gauchesca. Miguel Iriarte, de origen navarro, era muy buena persona, enseñaba Siglo de Oro y había publicado varios estudios sobre las falsas atribuciones a Cervantes. Amarilo Serna era el especialista en Teoría que todo departamento debe tener. Llevaba cinco o seis años escribiendo un libro sobre la superación de la literatura, en el que mantenía que la función del texto literario había sido provocar el nacimiento de la Teoría e ilustrarla. Y por último, la estrella no sólo del departamento, sino de toda la facultad: Magdalena Lima-Pintón, una mujer lustrosa y jovial que tenía un gesto mudable y desconcertante. Relajada podía resultar atractiva, pero otras veces parecía estar chupando una pelota de ping-pong. Magdalena era medievalista, lo que tratándose de una mujer latinoamericana en Estados Unidos no dejaba de ser una excentricidad. Hacía Male Feminism aplicado a la épica, y según me dijo Cifuentes coleccionaba glandes de escritores célebres, que ella misma fotografiaba.

Digo no me lo creo.

Dice yo tampoco hasta que lo vi con mis propios ojos. Empezó a fotografiarlos muy jovencita, en Argentina. Le divertía la facilidad con la que los escritores se la sacaban. Daba igual el prestigio que tuvieran y el carácter de su obra. Ella decía, don Jorge Luis, don Jorge Luis, ¿me permite verle el glande? Y don Jorge Luis se lo enseñaba. O don Julio, don Julio. O don Ernesto, don Ernesto. Naturalmente, todos pensaban que aquella chica tan jovencita y tan descarada iba a chupársela, y se la sacaban gustosos. A ella le divertía muchísimo la cara que ponían cuando en vez de chupársela les sacaba una foto.

Cuando Cifuentes entró en la sala común del departamento la gente no se abrió a su paso como un Mar Rojo. Y eso que era una recepción en su honor. Sus colegas y los estudiantes graduados, que habían ido para dar la bienvenida al nuevo profesor, no interrumpieron sus conversaciones al verlo entrar, nadie dejó de servirse vino chileno o de comer apio untado en dip para volverse y mirar al hombre que más sabía sobre José María Pemán.

–Su atención, por favor –dijo Bernie Menlove varias veces, hasta que los murmullos fueron cesando y todos quedaron en silencio.

–Es para mí un honor presentarles a un nuevo miembro de la facultad, el profesor Arturo Cifuentes. Como todos ustedes saben, el profesor Cifuentes es un especialista en Literatura Peninsular y autor de innumerables trabajos sobre poesía franquista. Quiero darle la bienvenida en nombre de todos nosotros y desearle un largo y fértil periodo de vida profesional en nuestro departamento.

Algunos estudiantes graduados se acercaron a él. El primero fue Luis Baeza, un ensimismado andaluz de largas patillas que hacía Neotradicionalismo y que se había quedado sin tema de tesis. Había empezado a estudiar la influencia de Benet en la literatura española, pero no había encontrado nada y no sabía qué hacer.

Lo saludó también una mexicana, Gloria Gomes, que estaba trabajando sobre las dedicatorias. En su biblioteca no había libro que no estuviera dedicado. Algunas veces no sabía si era una estudiante graduada o una cazadora de autógrafos. Iba de país en país, ponía anuncios en los periódicos ofreciendo dinero por ejemplares dedicados o entraba en contacto con las redes locales de caza de autógrafos.

–No se puede imaginar, profesor, la de cosas que encierran las dedicatorias. La evolución de los escritores se ve más clara en ellas que en las novelas. He hecho la prueba. En los papers de los cursos graduados, yo no leo las obras, profesor, sino las dedicatorias. Y fíjese que llego a las mismas conclusiones que mis compañeros.

Cifuentes iba a decirle algo sobre el placer de la lectura, pero en ese momento le tendió la mano un muchacho corpulento, de barba poblada, que se dirigió a él en inglés y no en español como los demás.

–Ovid Malvern. Bonito el encontrarte.

–Bonito el encontrarte también. ¿Eres tú un estudiante graduado?

–Sí, yo lo soy. Yo estoy estudiando las relaciones homosexuales en la Edad Media, así como su aparición en la literatura también. Yo trabajo con la profesora Lima-Pintón.

–Un tema interesantísimo, Ovid.

–Gracias.

Se acercó a ellos una mujer morena con el pelo rapado como un militar. Se llamaba Iris Constable y estaba escribiendo una tesis sobre la importancia de la amistad en la configuración del canon provisional.

–Iris es increíble, profesor –dijo Gloria Gomes–. Está perfectamente informada de las relaciones entre escritores y entre escritores y críticos. Sabe quién es amigo de quién, quién es amante de quién, y analiza, si la relación es duradera, qué cambios se producen en el estilo de los dos amantes o en uno de ellos. Ha contratado detectives privados y paparazzis que le proporcionan fotos y vídeos de escritores de primera fila, grabados con cámara oculta... Increíble, profesor.

–Yo también creo como Gloria –dijo Iris– que el análisis de los textos es un método de trabajo vigesimónico, completamente obsoleto. Prefiero estudiar la vida de los autores antes que su obra.

–Llámame antiguo, Iris –le contestó Cifuentes–, pero yo soy de la vieja escuela. Los textos me parecen más interesantes que las vidas. Y no te olvides de que las vidas también son textos.

–Tiene que ver esos vídeos, profesor, son increíbles –insistió Gloria pasando su brazo por los hombros de Iris.

Y las dos se echaron a reír.

Sí, reían, pero Cifuentes sabía que estaban tristes. Iris, Gloria, Ovid, el andaluz de largas patillas y el resto de estudiantes graduados. Y por supuesto sus colegas. Todos ellos eran zombis, me lo dijo varias veces a lo largo de la comida. Zombis que en diferente grado pero sin excepción presentaban ese estrato de profunda melancolía sobre el que todos los profesores extranjeros, y en particular los meridionales, han construido su nueva identidad. Parecían joviales, pero no había gozo en aquellas miradas sin brillo. Hacían bromas, pero en el fondo de su corazón querían marcharse a casa, tirarse en la cama boca arriba y quedarse mirando al techo o ponerse a llorar.

Y él también acabó perdiendo el alma, también terminó convertido en un zombi, sentado en el inmundo despacho que le asignaron, un habitáculo sin ventanas que tenía todo el aspecto de haber sido cuarto de escobas. Ted Confitello, el decano, le dijo que tenían dificultades de espacio y que esperaba liberar pronto un despacho con vistas al exterior. Pero Cifuentes sabía que no era verdad, que trabajar en aquel cuartucho era un factor imprescindible en el proceso de degradación moral que el destino le tenía reservado en Missouri.

Al principio Edgar asistió a las clases de Baile Antiguo y Contemporáneo con cierto escepticismo. Él no había bailado más de lo que se baila en las fiestas de fin de curso; había dado una serie de botes compulsivos al son de la música, y tenía un sentido primitivo y fisiológico del ritmo. Las primeras sesiones servían para romper el hielo. La profesora, Dina DiHermes, tenía alrededor de treinta años y mucha experiencia a la hora de lidiar con prejuicios y burlas que solo encubrían inseguridad sobre el propio cuerpo. En menos de dos semanas Dina DiHermes consiguió que Edgar se tomara su asignatura en serio, más en serio que ninguna otra.

–Cuando uno consigue desinhibirse, aceptar su cuerpo y perder el miedo al ridículo –les decía Dina DiHermes–, se hace invencible.

Hacia la mitad del curso, la danza empezó a eclipsar otros intereses. Intuía que a su padre no iba a hacerle mucha gracia que a él le gustara tanto el baile antiguo y contemporáneo, así que no le dijo nada, le ocultó que en las horas libres bajaba al gimnasio de la Dragon School y practicaba con Dina DiHermes. Tampoco dijo que empezaba a soñar con coreografías delirantes, que había empezado a dormir con los tobillos atados a los muslos para ganar flexibilidad en las rodillas, que imaginaba movimientos imposibles y vuelos que desafiaban las mismas reglas físicas que aprendía en la clase de Experimentación y Divulgación Científica. Y por supuesto ni una palabra de que al bailar el mundo desaparecía a su alrededor y que un sumidero gigante lo transportaba a una dimensión donde no había nada salvo ritmo y palpitación, melodías que se apoderaban de su cuerpo y anulaban su voluntad. No dijo que soñaba con bailar desnudo en un teatro lleno de gente, pero con un escenario vacío y un caño de luz acompañando sus movimientos. Temía las burlas cáusticas de su padre, pero al mismo tiempo sabía que no podría ocultárselo por mucho tiempo.

Dina DiHermes le había hablado de un programa de televisión que se llamaba *Dancing Queen*. Había un casting para elegir a los miembros del ballet, pero para ser admitido en el proceso de selección el padre y la madre del candidato tenían que participar activamente en la grabación del programa.

Edgar lo pensó. Llegado el caso, sí, su padre asistiría. El problema era el adverbio *activamente*. Activamente significaba que el realizador tomaba algunos planos del padre ensimismado y de la madre entusiasmada, o de ambos irrumpiendo en el escenario para abrazar emocionados a su hijo. Edgar no creía que su padre estuviera dispuesto a hacer algo así, pero tenía que proponérselo si quería asistir a *Dancing Queen*.

El momento elegido fue una tarde de sábado. Iban los dos dentro del coche; volvían de hacer el proceso de compra en un mall de las afueras, donde había otra cadena nueva de supermercados, y se habían perdido en un barrio negro. Iban en silencio, un poco tensos, porque los peatones miraban con curiosidad aquel Nissan Sentra con dos blanquitos dentro. A Edgar le pareció que aquella situación de inestabilidad relacional era el contexto idóneo para soltarlo.

–Ahora que estamos perdidos, papá, es el momento de decirte que amo la danza, que vivo para ella, que voy a presentarme al concurso *Dancing Queen*, y que tienes que participar activamente junto a mamá.

Cifuentes giró el cuello para mirarlo, por si estuviera sufriendo un ataque epiléptico de los que le daban cuando era niño. Pero no, no estaba echando espuma por la boca.

–¿Qué tiene que ver que te guste la danza y que quieras participar en *Dancing Queen* con que estemos perdidos, Edgar?

–No tiene nada que ver. Simplemente te lo digo. ¿Hubieras preferido que no te lo dijera?

–No es eso. Claro que quiero que me lo digas. ¿Pero por qué me lo dices *ahora*? Dramáticamente, no es el momento más oportuno. Estamos perdidos en un barrio negro, un poco atemorizados.

–Ahora es cuando he sentido la necesidad de contártelo. Lamento no habértelo dicho cuando a ti te apetecía oírlo.

–No es eso, Edgar, no es eso. Hay una serie de normas conversacionales, simplemente. Tú puedes optar por no respetarlas. Bien. Eres un inconformista. Bien. Estás en contra de las convenciones de la sociedad burguesa. Bien. Eres un anarquista. Bien. Pero te arriesgas a que no se te entienda o a provocar malentendidos.

–¿Qué es lo que no has entendido de todo lo que te he dicho, papá? Amo la danza. ¿No entiendes eso? Amo la danza. La danza contemporánea, no la clásica. Jamás he sentido lo que siento mientras bailo. Me siento pleno. Y al mismo tiempo, cuando cesa la música, me siento culpable. Culpable porque sé que no es eso lo que tú esperas de mí, pero amo la danza. No la danza clásica, sino la danza contemporánea. Es lo único que me importa de la escuela. Todo lo demás ha perdido valor. Y quiero participar en el programa *Dancing Queen*. Pero es obligatorio que los candidatos vayan con sus padres. Te pedirán permiso para filmarte. Saldrá tu rostro en primer plano. Y debajo un letrerito: Arturo, profesor de universidad, especialista en José María Pemán y padre de Edgar Cifuentes. Tendrás que emocionarte con las piruetas que haré enfundado en unas mallas de maricón. Te verán todos tus colegas y lo grabarán en vídeo tus enemigos. Lo colgarán en YouTube. La pregunta es muy sencilla, papá: ¿irías? No creo que haya nada ambiguo en lo que te acabo de decir.

–Tienes que intentar masturbarte menos, Edgar. Se te dispara la imaginación. En el fondo de tu corazón desearías que yo me avergonzara de ti, desearías una situación tipo *Billy Elliot*. Pero no me avergüenzo de ti, Edgar. No me avergonzaré de ti nunca, por más que te enfundes mallas de maricón. Reconozco que el pudor me impedirá lagrimear frente a la cámara, y probablemente no lo haga; pero a cambio aplaudiré con entusiasmo o apretaré los puños y los agitaré con los ojos cerrados. Creo que servirá. Vas a tener que buscarte otro motivo para odiar a tu padre y para ser infeliz. Ah, y esto es un regalo.

Cifuentes abrió la guantera, sacó un paquete y se lo dio. Edgar se quedó estupefacto, y su padre saboreó su perplejidad.

–Edgar, te he dicho que hay una serie de normas conversacionales. En esta situación, en la que un padre le hace un regalo sorpresa a su hijo, es costumbre que quien recibe el regalo pregunte *¡¿qué es esto?!* mientras lo desenvuelve. Es una especie de tradición.

–Qué es esto.

–Unas mallas. Las que tienes están hechas un asco.

Antes de asistir al casting de *Dancing Queen*, Lib le hizo jurar a Cifuentes sobre la *Poesía completa* de José María Pemán que sería amable y que no avergonzaría a Edgar comportándose como un intelectual que está por encima del bien y del mal. Le obligó a poner la mano sobre *De la vida sencilla*, y a repetir con ella:

–Juro por José María Pemán que seré vulgar y que soltaré risotadas palmeándome el muslo si la situación así lo requiere. So help me God.

Y cumplió su promesa.

Se tragó su desprecio por los demás padres, su miedo a descubrir puntos comunes. Siguió sus bromas con tanta complicidad que todos lo buscaban cuando tenían una ocurrencia. Se convirtió en el líder de la pandilla de padres y en uno de los promotores de un futuro Club de Padres de Nuevas Estrellas del Baile, idea que fue muy celebrada.

El realizador del programa lo eligió por su soltura y su naturalidad para filmarlo en primer plano, en solitario, sin Lib, y él no tuvo inconveniente en dibujar en su rostro todos los sentimientos que le pedían: sorpresa, decepción, expectativa, nervios y emoción. Las imágenes serían montadas convenientemente e intercaladas en las piruetas de Edgar sobre el plató. Y cuando le preguntaron qué debían poner en el rótulo bajo su cara, él dijo que imprimieran con letras bien grandes ARTURO, PROFESOR DEL DEPARTAMENTO DE SPANISH DE LA UNIVERSIDAD DE MISSOURI Y PADRE DE EDGAR CIFUENTES.

La coreografía de Edgar era espeluznante. No sabía bailar; nunca había tenido buena psicomotricidad ni sentido del ritmo. Y seguía sin tenerla. Su retraso intelectual apenas se notaba, pero su retraso psicomotriz era notable. Sencillamente hizo el ridículo. Los demás padres también se dieron cuenta y cada vez estaban menos entusiasmados con la idea de que Cifuentes fuera el presidente del Club de Padres de Nuevas Estrellas del Baile. Querían dar un golpe de Estado antes incluso de que el club se hubiera constituido. El hijo del profesor –los oía cuchichear– baila como la mierda.

¿Por qué le había dado a Edgar por la danza? Su hijo no servía para el baile. Y si alguien lo animaba a pensar lo contrario, estaba haciéndole daño. Igual se había enamorado de su profesora. Lib lo creía probable. Bien, pues esa profesora no podía seguir alimentando una quimera, una ficción. Si la danza fuera su hobby, de acuerdo, nada que objetar. Pero Edgar creía que la danza era su vocación, quería dedicarse en cuerpo y alma al baile, y se veía a sí mismo como un nuevo Nureyev o como se dijera. Esa mujer lo estaba engañando y su obligación de padres era impedirlo. Así que decidieron hablar con la profesora DiHermes.

A la mañana siguiente Cifuentes llamó a la Dragon School y preguntó por las horas libres de Dina DiHermes. Al otro lado alguien consultó un horario y le indicó cuándo podía llamarla. Le recomendó que lo hiciera directamente a la sala de profesores, y le facilitó el número. Después de varios intentos, Cifuentes logró por fin que la profesora DiHermes se pusiera al teléfono. Le explicó quién era y lo que quería.

–Me gustaría que tuviéramos una breve entrevista en algún lugar discreto.

Se citaron en la cafetería del gimnasio donde daba clase los fines de semana. Dina DiHermes resultó ser una mosquita muerta. Bajita, poquita cosa, más joven de lo que Cifuentes había imaginado. Se la iba a comer en dos bocados. Le resumió su inquietud con desdén, sin desarrollar detalles. Le parecía que Edgar no era bueno en danza, y que sin embargo había depositado en aquella actividad toda su ilusión y todas sus esperanzas de redención. Estaba seguro de que se iba a frustrar. Había ido a hablar con ella para pedirle su cooperación.

–Yo también tuve una familia castradora como la que tiene Edgar –le soltó la mosquita muerta.

–¿Cómo dices?

–Que yo también tuve un padre como tú. No confiaba en mis capacidades y tenía hacia mí una actitud protectora. Que nada me afectara, que nada me hiciera daño. Mi padre era el padre paraguas. Se abría sobre mi cabeza para que nada me golpeara. Esta actitud, aunque ha sido terrible para mi formación personal, puedo entenderla. Lo que no le perdono es la desconfianza. Él también pensaba que yo bailaba mal, que no tenía psicomotricidad y que jamás llegaría a nada en el mundo de la danza. Y quizás ahora mismo estés pensando: tenía razón su padre, tenía razón el padre de esta mosquita muerta, porque no ha llegado a nada. ¿A que lo has pensado?

–No. Yo...

–Pero ¿qué es *llegar a algo*? ¿Se preguntó mi padre si yo quería *llegar a algo*? ¿Te has preguntado tú si Edgar quiere *llegar a algo*? O, mejor dicho: *¿Llegar a algo* significa lo mismo para ti que para mí? ¿Significa lo mismo para Edgar? Tú eres como mi padre: o todo o nada. *Llegar a algo* es llegar a ser el mejor. Si no eres el mejor no has llegado a nada. No hay otra posibilidad, no hay paradas intermedias. No se puede llegar a otro sitio. Para mí en cambio *llegar a algo* era llegar a ser profesora de Danza Antigua y Contemporánea en una High School de Columbia, Missouri. Es ahí, y no a otro sitio, adonde yo quería llegar. Así que mis expectativas se han cumplido al ciento por ciento, míster Sifuentes. He triunfado en la vida. Pero mi padre consideró siempre que yo era una fracasada, y me trató como tal. Las mujeres somos menos violentas. Pero mi hermano estuvo a punto de suicidarse.

–No. Yo...

–Menos mal que en el último momento decidió suicidar a mi padre. ¿Sabe lo que hizo, míster Sifuentes? Le arrancó la cabeza con un bate de béisbol. Ya ve, indirectamente mi padre le arruinó la vida a mi hermano, porque mi padre está muerto y no se entera de nada, pero mi hermano cumple condena en un penal de Iowa. ¿Es eso lo que usted quiere? ¿Arruinarle la vida a Edgar? ¿Que le rompa la cabeza con un bate de béisbol? ¿Eso es lo que quiere para él? ¿Que cumpla condena de por vida en un penal del sur?

–No. Yo...

–Tu hijo baila como la mierda, es cierto. Pero ama la danza como hacía tiempo que no veía amarla a nadie. Tú crees que hay que disuadirle porque nunca llegará a ser Nureyev. Y es cierto que nunca llegará a ser un gran bailarín. Pero no te has preguntado si él quiere ser Nureyev. Pregúntaselo, y te sorprenderás. Él sólo quiere bailar. Y tú quieres que yo le disuada, porque si se dedica a la actividad que le apasiona nunca será

45

el mejor. Y para ti es mucho más importante ser el mejor que dedicarse a lo que se ama.

–No. Yo quiero evitarle una fuente de frustración.

–No. Tú lo que quieres es evitarte *a ti* una fuente de frustración. Eres mayor que yo; deberías saber que la vida está llena de frustraciones. La vida es una frustración continua. ¿Qué vas a proteger tú? ¿Quién te has creído que eres? ¿Dios Todopoderoso? ¿Le evitarás todas las frustraciones, padre paraguas? Y suponiendo que lo consigas, ¿qué pasará cuando tú no estés? Te lo voy a decir: la primera frustración que tenga acabará con él. Me voy a marchar, míster Sifuentes. Tengo prisa. No voy a disuadirlo, que lo sepas. Voy a cumplir con mi obligación y voy a animarle a que siga bailando, a que mejore. Y voy a advertirle contra tu nociva influencia.

–No se te ocurra hacer eso, no tienes derecho.

–No sólo tengo derecho. Tengo la obligación de hacerlo, como educadora. Sé lo que es tener un padre como tú: neurótico, ambicioso, protector e incapaz de aceptar que un hijo con el síndrome del cromosoma frágil es un ser humano independiente y no un mero apéndice de su yo. De tu yo.

Dina DiHermes se puso en pie, y Cifuentes consideró la posibilidad de estrangularla.

–No creo que sea bueno para Edgar que le digas que hemos hablado.

Dina DiHermes lo miró con desprecio.

–Sigues confundiendo tu propio bien con el de tu hijo.

–Si pones a mi hijo contra mí, te vas a arrepentir.

Cifuentes logró que la frase sonara bastante amenazadora después de todo. Eso le pareció a él, pero Dina DiHermes se dio media vuelta y se marchó. Y no pareció muy intimidada por su advertencia.

A partir de esa conversación, Cifuentes notó que Edgar se alejaba de él. Aunque no tenía pruebas, sabía que esa Dina DiHermes se lo había contado todo. Si no, no se explicaba ese cambio de actitud. Su trato se hizo frío y su comportamiento huidizo. Cifuentes intentó en varias ocasiones abordar el asunto, pero Edgar se resistía a la creación de atmósferas que propiciaran una conversación franca. Hasta que, contra todo pronóstico, Edgar fue el único seleccionado para bailar en *Dancing Queen*.

Dancing Queen se emitía en directo. A la hora indicada Lib y Cifuentes se sentaron frente al televisor. El programa se abría con el ballet. Buscaron a Edgar entre las figuras que danzaban, pero no lo vieron. Quizás apareciese más tarde. Tomaron la palabra un chillón y una tetuda, que desgranaron los contenidos de la emisión. El programa, desde los presentadores hasta los invitados pasando por los decorados y la publicidad contratada, tenía un aire de segunda mano. Los guionistas, los diseñadores y el realizador perseguían la vulgaridad como ideal estético, conscientes de que la suya era una audiencia de gama baja. Bisutería barata llevada al campo televisivo y elevada a rango filosófico: todo debía parecer elegante y refinado, pero sin llegar a serlo de verdad. Porque la verdadera elegancia provoca miedo y retraimiento en quien la percibe, y en consecuencia frialdad.

Los presentadores dieron paso a los invitados: humoristas, imitadores, domadores de fieras, prestidigitadores y cantantes. Y los cantantes siempre llevaban un par de bailarines, o un ballet entero, que daba cuerpo a sus actuaciones. Pero Edgar seguía sin aparecer. Quizás lo hubieran reservado para el número final. Ojalá que no, porque ya era muy tarde y los padres de la Nueva Estrella del Baile empezaban a dar cabezadas frente al televisor.

Pero sí, fue hacia el final cuando Edgar apareció.

Lib ya se había quedado dormida y Cifuentes estaba a punto de hacerlo cuando el gritón anunció un pase de modelos en ropa interior. Era el último número; querían asegurarse de que no hubiera público infantil entre la audiencia. Cifuentes miró aprensivo a Lib, que roncaba suavemente a su derecha.

El escenario se convirtió en una pasarela de moda. A un lado y a otro del pasillo, un grupo de bailarines ataviados con un tanga minúsculo aplaudía animando a las modelos en ropa interior. Los bailarines flexionaban y estiraban la rodilla derecha al ritmo de la música. El pie desnudo se apoyaba sobre los dedos y el talón subía y bajaba al compás. Edgar era el primero, el más próximo a la cámara. Cifuentes dudó si despertar a Lib. Aunque el realizador lo ponía difícil y prefería mostrar a las modelos que desfilaban en sujetador, ahí estaba la pierna peluda de su hijo y su enorme paquetón. Sus palmas rumbosas y el contoneo de sus nalgas al aire.

Cifuentes lo sabía. La teoría se la sabía de memoria. No debes esperar que tu hijo llegue a las metas que tú no has podido alcanzar. Edgar no tenía por qué completar ninguna obra que su padre hubiera dejado incompleta. Su hijo no tenía ninguna obligación; las obligaciones eran suyas, de Cifuentes: proporcionarle instrumentos que le permitieran sobrevivir en la selva de la vida, matricularlo en los colegios más adecuados, facilitarle el aprendizaje de los idiomas con más futuro, costear sus viajes al extranjero, poner a su disposición una buena biblioteca, proporcionarle estímulos intelectuales y por supuesto quererlo. Quererlo a todas horas. Aceptarlo como era; aunque sus afanes y los valores que representaban se situaran en los antípodas de sus expectativas, aunque Cifuentes viviera los triunfos de su hijo como un enorme fracaso personal.

Cuando el número terminó, Lib abrió los ojos y preguntó por Edgar.

–¿Ha salido ya?

Pero Cifuentes no contestó. Simuló que estaba durmiendo y soltó un ronquido.

Y hablando de durmientes y ronquidos, uno de esos problemas que la familia Cifuentes había ido a buscar a Missouri empezó a gestarse a principios de aquel primer semestre: estaba Cifuentes explicando la importancia del punto de vista en el género narrativo cuando vio que al fondo del aula una estudiante negra se había quedado dormida.

Con los estudiantes negros había que andarse siempre con ojo, sobre todo si eran mujeres. Sí, Cifuentes sabía que ese juicio sonaba racista y misógino, pero le daba igual; a esas alturas le daba igual. Es cierto que el poder negro había disminuido muchísimo, sobre todo si se comparaba con el lobby feminista o con el poder acumulado por la comunidad homosexual; pero un negro, cualquier negro, todavía podía crucificarte. Sólo había que cuestionar en público el sistema de Affirmative Action o perturbar el bienestar de alguno de ellos minimizando su marginalidad y recordándole sus obligaciones, para que se sintiera inmediatamente agredido.

Al advertir que la estudiante estaba dormida, Cifuentes dejó de hablar. Como buen profesor, era un actor excelente y dominaba como nadie el arte de los silencios. Nuestro maestro, Augusto Desmoines, nos había enseñado que las clases tenían un componente teatral del 80 por ciento. Una clase magistral no debía basarse tanto en la transmisión de información o conocimiento cuanto en el deslumbramiento del público. Para aprender ya estaban los libros. Una buena clase debía ser ante todo un buen espectáculo. Cifuentes llevaba esa máxima hasta el extremo. Él no planteaba sus cursos pensando en el aprovechamiento del alumno, sino en su admiración. En la admiración del alumno por él. Así que el esquema de sus intervenciones no respondía a paradigmas inductivos o deductivos, sino a paradigmas de tensión dramática: planteamiento, nudo y desenlace. No es que los alumnos perdieran el tiempo con él; seguro que aprendían, pero eso no era nunca su prioridad.

Empezaba con un enigma de difícil solución, una pregunta que sus estudiantes no pudieran contestar en modo alguno. Por ejemplo: ¿cuál es la relación del endecasílabo con la aparición del capitalismo? Entonces los alumnos bajaban la cabeza temerosos de que los interpelara directamente. Algunos ni siquiera sabían qué era un endecasílabo. Otros no sabían qué era el capitalismo. Los dejaba temblar un rato como conejos asustados y a continuación explicaba el enigma, lo desvelaba poco a poco, como si en vez de estar dando una clase estuviera haciendo un striptease. Y comprobaba con satisfacción cómo se iluminaban las caras.

El primer día les pedía a los alumnos que se presentaran, que expresaran sus expectativas y las razones por las que se habían matriculado en un curso de Spanish. A los estudiantes les encanta ser escuchados, les gusta creer que son importantes y que también participan en el diseño de la asignatura. Era conmovedor comprobar cómo entraban al trapo, cómo necesitaban desesperadamente creer que entre ellos, entre el profesor y el alumno, había algo más que una mera relación de poder y dominación. El fundamentalismo democrático ha hecho estragos en la universidad. Pero él ya no estaba para discutir la presentación de los platos. ¿Querían creer que profesores y estudiantes se encontraban al mismo nivel? Adelante, que lo creyesen. Él no tenía ningún inconveniente en simular una relación entre iguales. Todo lo contrario: le venía muy bien. Simulando ser uno más, multiplicaba su deslumbramiento. Había interiorizado tanto las bases dramáticas de su profesión, que el dispositivo de simulación saltaba automáticamente al entrar en contacto con los estudiantes. Para Cifuentes la simulación, el fingimiento y la actuación no eran comportamientos impostados, sino reacciones que brotaban de manera natural.

Algunas veces sentía una nostalgia digamos pastoril, utópica. Echaba en falta, como si alguna vez lo hubiera experimentado, una relación menos teatral con los alumnos. Pero eso ya era imposible. En su caso, la naturalidad era el resultado de un artificio. Unas veces encarnaba al genio despistado, al profesor con tantas cosas en la cabeza que no sabe siquiera la hora que es. Gustaba mucho este papel. Hacía también de persona normal, y hablaba con ellos de cosas corrientes, sobre sus vidas, sus estudios y sus intereses. Naturalmente, todo esto le daba igual, ni siquiera los oía, pendiente como estaba de localizar cuanto antes al estudiante que intentaría ponerlo en apuros, al alumno que había tenido una experiencia sexual temprana con una mujer madura, creía saberlo todo y estaba dispuesto a informar de este hecho a todo el mundo. Otras veces prefería dar una imagen de sosiego y plenitud. Y me recomendó que si alguna vez, en alguna conferencia o en alguna entrevista, yo quería dar imagen de sosiego y plenitud, que me sentara en el borde de la silla y cruzara la pierna montando el muslo derecho sobre el izquierdo, algo que él podía hacer perfectamente desde que había adelgazado. Esa postura resultaba muy afeminada y conveniente. En Estados Unidos nunca estaba de más aparecer ante los estudiantes con un toque de feminidad. Cuanto antes se granjeara uno la simpatía del lobby homosexual y del feminista, tan poderosos y presentes en las instituciones, mejor.

Aquella vez, el día de la estudiante negra que se había quedado dormida, Cifuentes interpretaba a un profesor cínico, ácido y descreído; a un nihilista terriblemente irónico, pero elegante. Se acercó a ella y se quedó mirando la pesada respiración de aquella mujer que descansaba ajena a todo, henchida de bienestar y con las manos enlazadas sobre la barriguita. Los demás estudiantes aguardaban en silencio la reacción de aquel profesor tan cáustico. Y entonces la estudiante empezó a roncar. No fue un ronquido normal, sino una especie de rebuzno agudo que provocó una espontánea carcajada general. La placidez se esfumó del rostro de la mujer dormida, que abrió los ojos sobresaltada.

–Ya sé que soy muy aburrido –le dijo Cifuentes–; pero hay maneras más elegantes de demostrármelo, señorita.

Hubo risas que celebraron la ironía, y ahí se quedó la cosa, en una simple amonestación. Siguió dando clase y dio otras muchas más ese día y los que vinieron después.

Y todos habían olvidado ya la anécdota cuando hacia el final del semestre Bernie Menlove lo llamó a casa para pedirle su versión sobre el escándalo. Esa fue la palabra que empleó, *escándalo*.

—No sé de qué escándalo me hablas.

—Nela Williams va diciendo por ahí que la has humillado en público.

—¿Humillado en público?

—Eso dice. Que te has burlado de su enfermedad.

Tardó Cifuentes en comprender a qué se refería. Cuando por fin recordó el suceso, soltó una carcajada de alivio.

—Estaba dormida en clase, Bernie. Además, eso ocurrió a principios del semestre.

—Ella dice que sufre ataques de epilepsia.

—¿Ataques de epilepsia? ¿Tú has visto alguna vez un ataque de epilepsia, Bernie?

En ese momento el director del departamento cambió al inglés.

—Mi experiencia pragmática es irrelevante a efectos de esta conversación. Esto es acerca de ti.

Y entonces Cifuentes comprendió que la cosa iba en serio.

—Bernie, yo no doy una mierda por tu experiencia pragmática; sólo te pregunto que si has visto alguna vez un ataque de epilepsia.

–No, yo no lo he.

–Pues créeme: un ataque de epilepsia es muy diferente a quedarse dormido. Esa chica estaba roncando y roncar no está permitido en mi clase. ¿Te parezco nazi?

–No pongas palabras en mi boca. Yo no he dicho tal.

–Es por eso por lo que te lo pregunto. ¿Te parezco nazi?

–No me provoques, Arturo, no voy por ese camino. Ella dice que fue un ataque de un tipo especial de epilepsia.

–Y yo digo que fue un ataque de sueño común. Si es epiléptica, que presente un informe médico.

–La petición de documentación adicional no es asunto tuyo. Dice que la humillaste en público.

–Bernie, si la hubiera humillado, me habría denunciado ese mismo día. Han pasado ¿cuántos? ¿Tres meses? ¿Cuatro? Me denuncia ahora, cuando sabe que no aprobará mi curso.

–Yo no he dicho que te haya denunciado. He dicho lo que ella va diciendo por ahí. Te llamo para conocer tu versión sobre el escándalo.

–¡Te estoy dando mi versión! ¡Y no hubo ningún escándalo, maldita sea! Si la hubiera humillado, no habría esperado cuatro meses para denunciarme o para decir lo que vaya diciendo por ahí. Lo hubiera hecho ese mismo día. ¿Sabes por qué ha esperado tanto? Para ver qué grado sacaba. Como va a suspender, ha decidido acusar. ¡Vamos, Bernie, no es la primera vez que ves un caso semejante!

–¿Estarías dispuesto a celebrar con ella en mi despacho una reunión de conciliación?

–No tengo nada que conciliar con nadie, pero asistiré. No quiero ponerte fácil la crucifixión.

La reunión se celebró esa misma semana, dos días después. Además de Nela Williams, Bernie Menlove y Cifuentes, acudieron a ella los miembros del Comité de Dirección: Magdalena Lima-Pintón, que estaba especialmente atractiva aquella mañana; Miguel Iriarte y Benita Zwtova.

El primer turno fue para Nela: acababa de divorciarse, tenía una niña de cuatro años, su ex marido la amenazaba de muerte y ella sufría ataques de epilepsia, una epilepsia especial. Aparentemente estaba dormida, pero en realidad eran ataques de epilepsia. El profesor Sifuentes la había humillado en público y había cerrado la puerta a su mejora académica. Se comportaba como un profesor sin sensibilidad, que no tenía en cuenta sus adversas circunstancias personales. Se había sentido suspensa desde que entró en clase por primera vez. No era justo tener que demostrar sus conocimientos en cada ensayo. La universidad no era la cárcel. Ella no tenía que probar su inocencia. Sólo pedía respeto.

El segundo turno fue para Cifuentes: Williams había entregado todos sus ensayos incompletos, mal presentados y fuera de plazo, razón por la que con toda probabilidad sería suspendida. La supuesta humillación no existía. Y además el episodio había sucedido hacía cuatro meses. Williams se había quedado dormida en clase y él había hecho un comentario sobre lo aburridas que eran *sus* exposiciones, se había burlado de él mismo, no de ella. Si tanto le había molestado el comentario, podía haberlo dicho en aquel momento, o al día siguiente, pero no cuatro meses después. En todo caso, no había sido un ataque de epilepsia. Su hijo Edgar tenía ataques de epilepsia y él sabía reconocerlos perfectamente. Nela Williams estaba dormida.

Benita Zwtova propuso suspender la reunión y consultar con un comité de expertos las diferentes clases de epilepsia, pero Cifuentes no creía necesario enmendar la definición de epilepsia que manejaba la OMS; creía de corazón que podían solucionar ese asunto sin recurrir a la ONU.

Miguel Iriarte entendía a las dos partes. Entendía que al profesor Cifuentes le hubiera molestado que Nela Williams se hubiera quedado dormida, o que pareciese que se había quedado dormida, y también entendía que Nela Williams se hubiera sentido humillada.

–Ya, pero es que esto no es la consulta del psicoanalista, Miguel –dijo Cifuentes–; aquí las percepciones de Nela Williams son irrelevantes. ¡Por el amor de Dios, aquí lo que ha ocurrido es que una estudiante negra se ha quedado dormida en la clase y un profesor blanco se lo ha recriminado! Punto.

A continuación tomó la palabra Magdalena Lima-Pintón para decir que lo irrelevante en aquel caso era distinguir entre ataques de sueño y ataques epilépticos.

–Dormir es una actividad natural e involuntaria. Si el profesor Cifuentes permite a los estudiantes respirar en clase y tragar saliva, no veo por qué les prohíbe dormir. Me pregunto si es esa la única manera que tiene de mantenerlos despiertos.

–¿Cómo te atreves, Magdalena, a poner en duda mi competencia profesional?

Si antes le había parecido atractiva, ahora le dio la impresión de que su rostro se transformaba hasta convertirse en el de un monstruo. La sensación de que hablaba con una pelota de ping-pong en la boca era insoportable.

–Dormir es una actividad pacífica que no interfiere en el desarrollo de la clase. Sea un ataque de epilepsia o sea un ataque de sueño, no acabo de ver las razones por las que el profesor Cifuentes ha humillado a una alumna afroamericana que ejercía pacíficamente su derecho a descansar. Quizás sea el profesor Cifuentes quien sufrió en aquella clase un ataque de amor propio.

–Yo no he humillado a nadie, Magdalena.

–Usted sí me ha humillado, profesor Sifuentes. Hizo que la clase se callara para que todos pudieran oír mi respiración.

–Querrás decir tus ronquidos. Estabas roncando, Nela. Y los ronquidos, pese a lo que diga la profesora Lima-Pintón, sí interfieren el desarrollo de una clase.

–Desde mi punto de vista –dijo Bernie Menlove con su voz meliflua y una sonrisa sacerdotal dibujada en su rostro regordete y barbilampiño–, lo correcto hubiera sido seguir con la materia y haber hablado posteriormente con Nela Williams.

–Lo correcto en mi clase lo decido yo.

–Está claro –concluyó Magdalena Lima-Pintón– que el profesor Cifuentes se niega a cualquier tipo de acercamiento, así que sugiero al director del departamento que suspenda la sesión.

Y así lo hizo Bernie Menlove. La reunión de conciliación terminó sin acuerdos. En privado muchos colegas sí le expresaron a Cifuentes su solidaridad y su confianza. Pero en público, en las reuniones de departamento y posteriormente, cuando el caso pasó al decano y hubo que convocar al Comité de Conflictos, nadie salió en su defensa. Se abrió un lento proceso formal, en el que Cifuentes desempeñaba el papel de latino demasiado temperamental, capaz de humillar sin darse cuenta, sin mala intención, sin un sentimiento de genuino racismo, a una hipersensible estudiante negra con serios problemas económicos y personales, una pobre mujer que con su actitud equivocadamente agresiva estaba en realidad pidiendo ayuda a la comunidad.

Hasta el final del semestre, todas las semanas hubo un trámite, una declaración, una prueba, un impreso o una comprobación. Cifuentes se sintió completamente abandonado por sus colegas y por el sistema universitario. Hacía el lunch solo, nadie se sentaba a su lado en las reuniones de departamento, y notaba cómo sus compañeros lo evitaban cuando se cruzaba con ellos por los pasillos. Se olvidaban de él en las fiestas, nadie lo invitaba a su casa y todos ponían excusas cuando él los invitaba a la suya. A su alrededor se fue formando un cordón sanitario, una profilaxis, para evitar que su racismo recalcitrante pudiera contagiar a otros colegas.

Se pasaba las horas sentado en su cuartucho de escobas, mano sobre mano. Intentó distraerse con la investigación, redactar algún artículo sobre Pemán de los muchos que tenía pendientes, pero no se sentía con fuerzas. Y lo peor de todo era que no sabía cómo recuperarlas. La idea de escribir papers que se titularan «Sobre conjeturas y deturpaciones textuales en el legado de José María Pemán» o «Relevancia de lo marginal e irrelevancia de lo explícito en el juego de la transmisión de la historia en la obra narrativa de Pemán» le provocaba náuseas. Así que aprovechó la crisis para intentar hacer cosas diferentes. Llevaba tiempo pensando en estudiar el terrorismo dejando aparte su componente emotiva; quería aproximarse a él sin pasión, como se debe acercar un investigador a cualquier fenómeno humano. Como si fuera un texto. Empezó un artículo sobre Patricia Hearst, pero al final lo dejó. Intentó escribir sobre Chacal, pero también se quedó sin fuerzas. Antes, en Stony Brook, y después en Rutgers, sentía la lectura como una fina lluvia que iba empapando una tierra fértil donde florecían con facilidad ideas e intuiciones. Cada libro era un nuevo turno de riego, y él sólo tenía que dejarse empapar.

Leía y enseguida tenía que buscar su cuaderno Moleskine, porque las ideas brotaban espontáneamente. En Missouri todo eso había cambiado: la lectura se había convertido en una lluvia pesada que rebotaba sin calar sobre un alféizar de zinc. La tierra de su cabeza, que en otro tiempo había sido roja y vegetal, se había endurecido. Cifuentes llevaba mucho tiempo sin ejercitar su voluntad, y esta había perdido musculatura, se había atrofiado cubierta de flojedad y desidia.

Cuando llegaba a casa la temperatura no superaba los 62º F, unos 17º C, con un 70 por ciento de humedad. Normalmente no estaba Lib y desde la discusión con Dina DiHermes tampoco estaba Edgar. El frío no es que fuera intenso, pero la sensación térmica resultaba muy desapacible. Lo primero que hacía al entrar era subir la calefacción. Sabía que eso suponía un gasto de gasoil innecesario, pero él no lo hacía por el calor. No ponía la calefacción a 70º Fahrenheit para secar el ambiente, sino para secar la sensación de orfandad que le producía llegar a su casa y encontrarla vacía. Él, que en soledad siempre se había sentido como pez en el agua, ahora necesitaba estar con gente. La soledad ya no le resultaba apetecible. Había algo injusto en el hecho de estar allí, sin nadie.

Una de esas mañanas de soledad su vista se posó sobre aquel boquete de la pared, que seguía abierto desde el principio del semestre. Una línea de hormigas iniciaba la procesión en el agujero y continuaba hasta la cocina. Buscó el insecticida y roció toda la zona. Una ligera presión del índice y todas muertas. Había una desproporción entre el gesto y la consecuencia. Esperó un tiempo prudencial, por si salían de nuevo y era necesario un nuevo bombardeo, pero no vio señales de vida hormiguil. ¿Sería así el fin del mundo o la muerte por una catástrofe nuclear? ¿Un gigante rociando con un spray desconocido casas, huertas y ciudades? Le parecía tan heroico lo que acababa de hacer que no pudo reprimir una llamada a Lib para contárselo.

–Hola, cariño; hay hormigas.

–¿Cómo que hay hormigas?

–Sí, hormigas. Salen del boquete.

–Claro, hace meses que deberías haberlo tapado.

–He ido al armario que hay bajo el fregadero y he buscado un insecticida contra las hormigas.

–Tapa el boquete, será mejor.

–He rociado toda la pared con el spray, manteniéndolo frente al boquete.

–Arturo, estoy en una reunión.

–La empatía guarda una relación directa con el tamaño y la morfología de las criaturas. No es lo mismo ver morir un caballo que un mosquito, y no es lo mismo ver morir un mono, con sus rasgos casi humanos, que una mofeta. Y eso que una hormiga es un animal del infierno, la he visto aumentada de tamaño en un reportaje de la televisión. Sus poderosas mandíbulas son capaces de levantar cincuenta veces su peso.

–Por favor, Arturo. Luego te llamo.

–No, no hace falta. Sólo quería decirte que no verás hormigas cuando vengas; pero que eso no significa que no *haya habido* hormigas. Las *ha habido*. Pero ya no las *hay* y esperemos que no las *haya* en el futuro. ¡Qué gusto la variedad de tiempos verbales que tenemos en español, Lib, cariño! Los usamos poco, muy poco, sobre todo los subjuntivos; pero cuando los necesitas están ahí, listos para expresar tu pensamiento. ¡Eso es lealtad! Bueno, cariño, luego te veo. Te echo de menos.

Así eran las conversaciones con Lib en los últimos tiempos. Él no parecía darse cuenta, porque esa sensación de abandono y malestar coincidió con los primeros síntomas de alejamiento de Lib, hacia el final del primer semestre. Una mañana, poco antes de marcharse a la universidad, sucedió que Arturo le dio un abrazo a Lib. No solía hacerlo, o mejor dicho: hacía mucho tiempo que no le daba un abrazo, pero aquella mañana lo hizo porque se sentía especialmente vulnerable y desamparado: el proceso de Nela Williams seguía su curso y había llegado ya al Comité de Conflictos Raciales de la Oficina del Decano. Lib le devolvió el abrazo, pero se lo devolvió con una leve y casi imperceptible resistencia. Todo esto siempre según Cifuentes. En aquel momento él no supo interpretar ese reparo de Lib, pero más tarde, cuando la historia terminó, Cifuentes marcó aquel abrazo inerme como el principio del fin. Un principio que él no advirtió, ciego como estaba a todo lo que no fuera Dina

63

DiHermes y el proceso racial de Nela Williams. Cuando empezó a darse cuenta de que algo raro pasaba, ya era demasiado tarde.

Un día Cifuentes la llamó por teléfono y estaba comunicando. La llamó otro día a la misma hora y también. Luego la llamó a otra hora y también. Comunicaba a horas raras y durante mucho tiempo. A unas horas en las que lo lógico era estar trabajando. A unas horas en las que lo lógico era que las llamadas, si se hacían, fueran breves. Cuando se encontraban en casa Cifuentes no preguntaba nada. No lo hacía por respeto. No tenía derecho a hacerle esas preguntas, se decía. Pero la verdadera razón de su silencio era el miedo o la cobardía, el temor a saber.

Hasta que ya no aguantó más y le miró en el celular las llamadas recibidas y las llamadas realizadas. Y también empezó a pegar la oreja detrás de las puertas. Oía retazos de conversaciones, palabras sueltas, pero se resistía a preguntarle. Las preguntas prefería hacérselas a sí mismo. Se preguntaba si era él, que había abierto los ojos; o si era Lib, que no se molestaba ya ni en respetar un elemental protocolo de seguridad. Hacía salidas a deshoras, daba respuestas evasivas, adoptaba comportamientos desacostumbrados y recibía llamadas frecuentes del mismo número. Cifuentes había llamado a ese número, por supuesto; pero nadie le había contestado. Si él estaba delante cuando sonaba el teléfono, Lib salía de la habitación o se alejaba y conversaba a voces con su interlocutor, lo cual era absurdo y sólo podía indicar que en los intervalos de silencio en realidad estaba hablando en voz baja. Cifuentes hizo la prueba: un día irrumpió en la habitación donde ella hablaba y la sorprendió cuchicheando. Pero no le preguntó nada. Y ella, aunque había sido sorprendida, aunque era evidente su intención de no ser oída, tampoco aclaró el asunto ni consideró conveniente sacar el tema. Ambos hicieron como que no había sucedido nada. Pero claro que había sucedido algo. Y siguieron sucediendo cosas.

Sucedió por ejemplo que Cifuentes quiso darle celos a Lib, sólo para ver cómo reaccionaba. Pero Lib, que en otro tiempo había sido una mujer de inseguridad agobiante y muy celosa, se mostraba ahora irritantemente liberal. Cifuentes se inventaba alumnas atractivas que lo acosaban. Pero a Lib no parecía molestarle nada de eso. Lo animaba a que saliera con ellas, a que las invitara a cenar.

Y sucedió también que Cifuentes se puso en contacto con una empresa de seguridad y preguntó si tenían algún sistema de videovigilancia, de manera que él pudiera monitorizar su casa (*monitorizar*, le encantó que esa palabra brotara de sus labios de manera natural) a través de internet. Y sucedió que compró unas microcámaras inalámbricas –un poco caras, pero muy efectivas– que podían colocarse en cualquier sitio, y que podían grabar y transmitir en tiempo real. Y sucedió que Cifuentes instaló dos, una con ojo de pez en el living, frente al televisor, y otra en el dormitorio, con una panorámica de la cama.

Todos los días se encerraba en su cuarto de escobas, se sentaba frente al ordenador y monitorizaba el dormitorio y el living. Si antes de comprar las cámaras ya le costaba encontrar estímulo para el trabajo, ahora, con esta delicada tarea de vigilancia, no pegaba un palo al agua. No tenía otra preocupación que no fuera mirar. Mirar y esperar. Pero pronto esta tarea le resultó insoportable y lo que hizo fue dejar que la cámara grabara y luego revisar el material. Vio a Edgar llegar a casa antes de lo previsto y hacerse una paja. En realidad no lo vio. Pasó las imágenes a gran velocidad y convirtió esa escena turbadora en una secuencia cómica. Vio entrar una ardilla. Y la vio salir. Vio sombras. Le pareció ver movimientos, pero nunca vio a Lib.

Sucedió también que la siguió. Los días que no tenía clase Cifuentes simulaba irse a la universidad, pero en realidad se apostaba en una esquina, escondía la cabeza y dejaba que Lib pasara con su coche antes de ponerse en marcha.

Lib siempre hacía el mismo recorrido: por la 235 hasta el parking Hoover, frente al Edificio de Ciencias. Cifuentes tenía la paciencia de esperarla en el coche toda la jornada. No leía para evitar que Lib saliera sin que él lo advirtiese. Se pasaba toda la mañana oyendo la radio y con la mirada fija en la puerta de la facultad. Lib solía salir a media mañana, generalmente acompañada de una mujer de rasgos orientales, y caminaba hasta la cafetería de Chemistry donde tomaban el lunch. Media hora después regresaba al trabajo. Nunca la vio desviarse, nunca la vio entrar en otro lugar que no fuera en la cafetería de Chemistry. Y sobre todo nunca la vio acompañada de un hombre. Pero eso no probaba nada. Él había notado el brote de un tercer ojo, había recuperado la visión perdida, y percibía las cosas con una luz nueva que las dotaba de aristas inesperadas. Veía perfiles que hasta entonces había sido incapaz de percibir, detalles para los que hasta entonces había estado ciego.

Todo era demasiado algo. Esas llamadas a Lib que la hacían levantarse y hablar a voz en grito desde otra habitación eran *demasiado* largas y también *demasiado* frecuentes. Tanto, que Cifuentes se dejó de respetos y empezó a preguntarle sin ambages quién la llamaba. Reiko unas veces, Mary otras. Nombres *demasiado* femeninos. Nunca la llamaban hombres. *Demasiado* raro. La ropa. Últimamente la ropa de Lib era *demasiado* atrevida. Llevaba la falda *demasiado* corta y las blusas *demasiado* escotadas. Se le veía el canalillo y el pecho, *demasiado* pecho. Por cierto, le daba la impresión de que su pecho había aumentado o de que no estaba tan caído como antes. ¿Como antes? ¿Como antes de qué? Como antes de que él dejara de tocarlo. Y entonces cayó en la cuenta de que hacía *demasiado* tiempo que no lo hacía. *Demasiado* tiempo que no follaban. Aprovechó una de esas veces en las que se quedaba solo para inspeccionar su ropa interior: sujetadores blancos y lisos y otros color carne que conocía, bragas de algodón más bien anchotas. Pero también descubrió ropa interior que no había visto nunca, *dema-*

siado sexy: ropa de color con encajes, tangas negros y culottes *demasiado* burdeos.

Las hormigas volvieron a salir del boquete. Desfilaban ordenadamente hasta la cocina y una vez allí se disgregaban por toda la casa. Pensó en tapar el agujero, pero le dio una pereza insuperable manejar masas y fluidos densos. Prefería comprar un veneno específico y ahorrarse las manualidades. Y eso hizo. Pulverizó veneno específico y durante una semana no se vio ninguna hormiga, pero una tarde, al llegar de la universidad, se encontró con un ejército procedente del boquete, que bajaba por el rodapié del living y que estaba devorando el cadáver de un insecto en la escalera de entrada. Buscó el nuevo insecticida y volvió a rociar generosamente el hueco, el rodapié y el reguero que conducía al insecto muerto. Pero fue inútil. Dos días después las hormigas volvieron a brotar del maldito orificio.

Se repitió la misma secuencia: insecticida y fin aparente de las hormigas hasta que dos días después asomaron de nuevo. Salían en formación, pero enseguida rompían filas para iniciar una danza sin sentido. Sin sentido para él. Unas volvían al boquete cargando un granito de azúcar y otras seguían lo que a Cifuentes le parecía una trayectoria errática, tratando de no chocarse con sus compañeras. Todas fueron exterminadas, pero a los pocos días la hilera reapareció. Era imposible vencerlas. Si un día vaciaba un bote de antihormigas en los bordes del boquete usando para ello un aplicador telescópico ultrafino, al día siguiente aparecían entre las junturas de las baldosas, en los capialzados de las persianas o en el interior de los armarios empotrados. Empezaron a aparecer también hormigas muertas en los lugares más asombrosos; en los pintalabios, en la espuma de afeitar, en alimentos congelados, en el tubo de pasta dentífrica, entre las hojas de los libros, en las teclas del ordenador o en el filtro de la cafetera. Cifuentes se preguntaba si la casa no estaría podrida por dentro, recubierta, tras el yeso de las paredes, por una película viviente de insectos repugnantes y rabiosos en busca frenética de aberturas al exterior.

Le dijeron que el único que podía orientarle sobre el mundo de las hormigas era Steve Murakami, la persona que más sabía sobre ellas en la universidad. Lo conoció en una fiesta de científicos que organizó el departamento de Lib por Navidad. Steve Murakami era en realidad un especialista en computación bioinspirada, y sabía de hormigas, sí, pero no tenía ni idea de cómo acabar con ellas. Él no estudiaba eso. Él simplemente observaba la naturaleza y trataba de imitarla para optimizar entramados telemáticos y desarrollar un software que interactuara con el territorio. No tenía ningún interés en exterminarlas. Pero es que además no creía que eso fuera posible. Se podía exterminar individuos, pero eliminar al grupo era imposible.

Las hormigas eran capaces de crear escudos, de abrir caminos, de construir puentes, túneles, atajos y búnkeres. La cooperación y la ausencia de ego las hacían indestructibles. Inmortales. Murakami decía que en su imaginario, si es que podía hablarse de eso, de un imaginario hormiguil, no existía el yo. Las hormigas no tenían esa necesidad de salvación individual que tenemos los seres humanos. Ellas sólo entendían el aprovechamiento del grupo. Le preguntó a Cifuentes si las había visto cuando estaban solas, y le pidió que se fijara en ellas. Eran puro azar. Las movía el azar, pero iban dejando un rastro químico de su movimiento, que servía de guía para las demás. Al final, el camino más corto hacia el alimento era el más transitado, el más oloroso. Lo único que se le ocurría a Steve Murakami para acabar con ellas era un inhibidor de olores, algún tipo de incienso que confundiera el rastro, de modo que no consideraran su casa el camino más corto para obtener comida.

Para sorpresa de Cifuentes, en aquella celebración todo el mundo estaba al corriente del caso Nela Williams, del imprevisible temperamento latino de su profesor y de la afición de este a humillar en público a los estudiantes de color. Nadie se atrevió abiertamente a negarle el saludo, pero él sí percibió cierta incomodidad en los colegas que Lib le iba presentando.

Y quienes no lo conocían por racista lo reconocían por su aparición en *Dancing Queen*. A estos últimos les había molestado que bajo su rostro hubiese aparecido el nombre de la Universidad de Missouri. No les gustaba que la institución hubiera quedado asociada a un programa de televisión tan vulgar.

Cifuentes se sintió un villano durante toda la noche. En ningún momento le abandonó la sensación de estar siendo un lastre para Lib, y de que su mujer se avergonzaba de él cuando al presentarlo en un corrillo alguien decía «Eh, tú eres el de Nela Williams» o «Eh, tú eres el que apareció en *Dancing Queen*. Ya podrías haber puesto otra cosa en vez de profesor de la Universidad de Missouri. Me llaman mis colegas de Harvard para preguntarme que a qué nos dedicamos en esta universidad».

No se sintió a gusto en ningún momento. Aceptaba las copas para tener ocupadas las manos y hablaba con Lib de asuntos que no les interesaban en absoluto a ninguno de los dos. Tampoco tenía mucha hambre y además no le gustaba que la comida étnica para extranjeros fuera casera; la prefería manufacturada, cocinada con etnocentrismo, pensando más en el extranjero que en la autenticidad. Inspeccionó cuidadosamente los platos, y finalmente se decidió por una especie de canelones indios con algo por encima que parecía canela y cuscús.

Pero el motivo principal de su malestar era que al lado de aquellos científicos, oyendo sus conversaciones, se sentía un ignorante y un impostor. Al contrario que la mayoría de los humanistas, que habían sepultado su curiosidad bajo un manto de desdén y que presumían de no leer ciencia, o de no entenderla, Cifuentes admiraba a aquellos físicos y neurobiólogos aficionados a la literatura y capaces de mantener una conversación de cierta profundidad sobre (pongamos por caso) los fundamentos del arte contemporáneo. ¿Qué colega suyo en el Departamento de podía decir siquiera cuáles eran los principios generales de la física cuántica? Y sin embargo, eran ellos, los pobres científicos, quienes tenían fama de incultos. Los humanistas habían sido más astutos y se habían apropiado del término *intelectual*. Pero si alguien usaba el intelecto eran aquellos hombres que además de dedicarse a su línea de investigación eran capaces de extraer conclusiones sobre (pongamos por caso) la vigencia del argumento literario a partir de (pongamos por caso) la variedad de especies encontrada en el yacimiento de fósiles cámbricos de Burgess Shale.

Los humanistas seguían empeñados en trabajar con textos. Textos que comentaban otros textos, que a su vez glosaban otros más remotos, en una espiral hacia arriba que les había hecho perder el contacto con el mundo empírico. Tenían una idea decorativa del mundo. Creían que todo era un relato, que el capitalismo era un relato, que las relaciones humanas eran relatos, que el supermercado era un relato, y se ponían a comentarlo. Sujeto, verbo y predicado. En cierto modo era conmovedor. Pero qué le vamos a hacer; era la única manera que tenían de comprender el mundo, convirtiéndolo todo en textos, en relatos, y luego aplicándole ese método de análisis que venía de la retórica romana.

Cuando aceptaran sin miedo, como él empezaba a hacer, que el mundo no tenía nada de texto, sino que era un flujo incoherente y contradictorio, desigual, desproporcionado, caprichoso, inmotivado y absurdo, sin ideas fuerza, con cabos sueltos, deshilachados, sin corrientes de sentido, con intereses contradictorios, sin centro ni márgenes, amorfo, hipertrofiado aquí, pero atrofiado más allá, cuando aceptaran eso, habrían empezado a comprender la verdad. Los humanistas, sus colegas, él mismo, todos ellos, que un día fueron la vanguardia del conocimiento, no tenían hoy nada que aportar al mundo. Por eso empleaban una jerga incomprensible y desdeñaban las exposiciones claras de los asuntos complejos. Huían de la claridad, porque sabían que la luz es la enemiga de la superchería.

–No creo que el estudio del arte o de la literatura sea una actividad estéril, Arturo. Al fin y al cabo, estudiar la literatura es estudiar un producto del cerebro. A través de la literatura podemos rastrear la evolución del lenguaje, de los analizadores perceptivos y de sus reacciones estéticas. Podemos estudiar el progreso del razonamiento, del sentido moral, del amor, de la lealtad, de la rivalidad, del estatus y de las relaciones con los parientes y los semejantes. La cultura está formada por los descubrimientos que hemos hecho a lo largo del tiempo, pero también por las convenciones y las reglas que nos hemos impuesto para coordinar nuestros deseos con los deseos de los demás. Y todo eso se ve muy bien en la literatura. Hay una cadena continua que va desde la biología a la cultura pasando por la psicología. No tiene sentido seguir pensando en términos de científicos por un lado y humanistas por otro. Hay que unificar la biología y la cultura en una ciencia de la mente y de la naturaleza humanas.

El autor de esta encendida defensa de una tercera cultura era naturalmente un científico, el futuro Premio Nobel –así se lo presentó Lib– Joseph Lelous, un hombre que sobre todas las cosas olía muy bien, a cuero y ámbar con notas altas de bergamota y limón. Nunca se le habría ocurrido a Cifuentes describir de este modo a alguien, pero es que aquel hombre era puro olor. Y además era altísimo. Y tenía una sonrisa desvalida que lo hacía irresistible. Incluso a Cifuentes le daban ganas de abrazarlo. Lelous fue el único de los que hablaron con él aquella noche que no mencionó a Nela Williams ni hizo referencia a *Dancing Queen*. Parecía un hombre honrado y cabal, un punto soso quizás, pero era evidente que a Lib le gustaba mucho. Si no fuera así, no le brillarían de ese modo los ojos cuando lo escuchaba hablar embebecida.

A Cifuentes le dio la impresión de que Lib estaba más atractiva al lado de Lelous que al suyo, así que los dejó hablar, los observó y le pareció que todas las palabras que su mujer le dirigía al futuro Premio Nobel tenían carga sexual; que cuando ella le decía (pongamos por caso) que el miedo era muy útil para estudiar el comportamiento de la amígdala cerebral en realidad le estaba diciendo que le apetecía mucho (pongamos por caso) comerle la polla.

En dos ocasiones perdió Cifuentes a Lib entre los invitados: una al ir al baño y otra al servirse una copa. Las dos veces la buscó por todas partes y las dos veces tardó en dar con ella. En ambas la encontró junto a Lelous, siempre en rincones alejados de la fiesta.

–No puedes evitar que te guste, reconócelo –le dijo Cifuentes en casa, mientras se desnudaba para meterse en la cama–. Su sonrisa es adorable. Y ese perfume de feromonas manipuladas genéticamente para provocar adicción...

–Es entrañable.

–Ya lo creo que es entrañable. Puedo oír tus gemidos en las fantasías sexuales que te provoca su teoría sobre la amígdala.

–Arturo, a veces me resultas patético. En el mundo hay algo más que sexo; hay ternura, hay admiración intelectual, hay genuino interés amistoso, hay empatía y simpatía. Ya sé que tú todo lo cifras en el sexo, que para ti el deslumbramiento es una traducción cultural del deseo de fornicar. Me hizo gracia la primera vez que te lo oí, pero ahora me ha irritado porque si algo no se me ha pasado, todavía, por la cabeza desde que conozco a Lelous es follármelo. El tipo de placer que me provoca es intelectual. Y esto no lo digo para tranquilizarte, porque en realidad el placer intelectual es mucho más peligroso que el sexual aunque tú creas que no. No sé si esto te da celos. Pero te aseguro que debes estar preocupado, porque me encanta oírle hablar, escucho embelesada sus explicaciones, las entiendo y hace que me sienta inteligente cuando el inteligente es él. Lo admiro, y además me produce una ternura inmensa. ¿Es todo eso deseo sexual sublimado? Puede ser. Pero oírtelo formular ahora, cuando todavía resuenan sus brillantes palabras, me resulta de una vulgaridad espantosa.

El discurso de Lib lo pilló en calzoncillos y con los calcetines hasta la rodilla. Supo de inmediato que no conciliaría el sueño esa noche si no era con un somnífero; así que fue al baño y se tomó una pastilla. Una vez en la cama, Lib y él no se rozaron ni se dieron las buenas noches. Cifuentes tuvo un sueño sordo y opaco, sin imágenes ni sedimentos y a la mañana siguiente, cuando se despertó, descubrió perplejo que estaba empapado. Al principio pensó que era sudor, y se maravilló del calor que había pasado; pero se palpó mejor y comprendió estupefacto lo que había sucedido. Se había hecho pis. La hostia puta. Se había meado en la cama, estaba tumbado boca abajo sobre un cerco de orina fría. Afortunadamente, Lib ya se había ido, y él pudo deslizarse fuera y arreglar aquel patético desaguisado.

A partir de esa noche su relación con Lib entró en una fase de frialdad hostil, que se extendió todo el semestre de primavera. En la superficie, de cara a los demás y especialmente a Edgar, la convivencia era impecable y profesional. Pero por debajo de los buenos días y las buenas noches, del que descanses y del pásame la sal por favor corría un hilo de reproches que pronto se transformó en una corriente de resentimiento. Cada uno de ellos se sentía ofendido por el otro y ninguno estaba dispuesto a dar el primer paso hacia una reconciliación. Los días en el que ceder se consideraba una muestra de amor habían quedado atrás hacía mucho tiempo. Ceder se había convertido ya en un signo de debilidad.

Un día Lib no llegó a la hora de la cena.

Lib salía de la universidad, y cuarenta minutos después –una hora si el tráfico era denso– solía llegar a casa. En alguna ocasión se había detenido para hacer alguna compra, pero siempre había telefoneado para avisar de su retraso. Aquella vez eran las siete de la tarde, y aún no había vuelto. Cifuentes la llamó, pero su celular estaba desconectado o fuera de cobertura. Durante una hora y a intervalos de cinco minutos que para él transcurrían lentos como largas horas, repitió las llamadas sin resultado.

Desesperado, llamó a Murakami y trató de aparentar una preocupación natural. Lib no había regresado a casa y se preguntaba si él sabía algo. Murakami guardó silencio.

–¿Steve? ¿Estás tú ahí?

–Sí, yo estoy.

Cifuentes notó su incomodidad al otro lado del teléfono.

–Me estaba preguntando si tú sabrías dónde puede estar Lib.

En realidad lo que le había hecho a Murakami no era una pregunta, era una súplica. Estaba diciendo: por favor, Steve, dime, por favor, por favor, por favor, dime que acabas de verla salir hace poco, dímelo, dime que en el departamento lleváis unos cuantos días muy ocupados y que a Lib se le ha olvidado llamarme; venga, a qué esperas, dímelo; es más, dime que, bajando unas escaleras, el celular de Lib se ha caído, los celulares se caen, y se ha roto; y añade también que sí, que podía haberme llamado desde la oficina, pero dime que lleváis unos cuantos días intentando solucionar un problema, un problema de los que tenéis vosotros, y que no pensáis en otra cosa. Dímelo, por favor.

Steve Murakami pudo oír con claridad los términos de este ruego mental y a punto estuvo de concederlo; pero no le pareció honrado y naturalmente tampoco quería mezclarse en un asunto matrimonial. Murakami es estadounidense, no lo olvidemos. Así que se limitó a constatar un hecho que el propio Cifuentes verificaría antes o después.

–Hoy es día de desinfección y la facultad ha permanecido cerrada. No hemos ido a trabajar, Arturo. Seguro que Lib te ha dicho adónde iba y tú no lo has oído. A veces sucede.

Primero sintió un pinchazo, luego el pinchazo se convirtió en una presión que se intensificó hasta convertirse en dolor, un dolor intenso de vientre que le obligó a sentarse en el baño. Estaba solo. Edgar... Hacía tiempo que Edgar volaba por su cuenta y sin dar muchas explicaciones.

Sin pensarlo se puso al volante del Nissan Sentra y empezó a recorrer las calles de la ciudad. No buscaba nada, era una simple aplicación práctica de la Teoría de la Relatividad. Quería alargar el espacio, para que se acortara el tiempo. Desplazándose de un punto a otro, el tiempo se hacía breve y el sufrimiento menor. A intervalos periódicos llamaba a casa y llamaba a Lib. Lib seguía con el teléfono desconectado y en casa saltaba el contestador.

Pese a las circunstancias, Cifuentes empezó a considerarse invencible, casi inmortal. Estaba seguro de que si en ese momento se estampaba contra un muro o contra otro coche que viniera de frente, sobreviviría y saldría ileso del impacto, sin una sola rozadura. Tanto estaba sufriendo, que cualquier otro dolor al lado del que sentía le resultaba menor.

Mientras conducía imaginaba escenas de sexo brutal en las que Lib suplicaba a Lelous prácticas que siempre había rechazado con él, y sentía orgasmos que él jamás había logrado provocarle.

Lib, Lib, Lib. Su Lib.

No veía bien, y levantó la palanquita del limpiaparabrisas. Y entonces se dio cuenta de que no era el cristal, sino sus ojos, cargados de lágrimas, los que le impedían ver con claridad.

Llegó al mall y aparcó en la zona donde solían hacerlo cuando iban de compras juntos. Buscó el coche de Lib, pero no lo vio. Quizás había aparcado en otro sitio, a veces sucedía que querías dejar el coche en lo que tú considerabas tu plaza y resultaba que estaba ocupada. Le dio la impresión de que la gente establecía con él un contacto visual superior a esos dos segundos que marcan la frontera entre el cruce de miradas y la provocación. ¿Sería la barba? Llevaba unas semanas con el rostro oscurecido por una incipiente mancha de vello que se recortaba todos los días con la precisión de un neurótico. Se sentía extrañamente orgulloso de ese crecimiento, como si la abundancia y uniformidad del pelo fueran un mérito propio, producto de su esfuerzo y voluntad, y no una inexorable ley biológica.

La gente lo miraba. A él le extrañaba que lo hicieran tan abiertamente. Ignoraban si iba armado. Pero no lo miraban para provocarlo. Lo miraban con curiosidad, como si llevara su penita escrita en la cara. Recorrió el mall pasillo a pasillo, asomándose a las tiendas preferidas de Lib; a la zapatería donde alguna vez habían comprado calzado, a su firma de ropa favorita, a su tienda de lencería. Le preguntó a la dependienta por esa ropa interior con encajes, por esos tangas negros, por esos culottes demasiado burdeos. Le enseñó una foto de Lib que llevaba en su celular. Pero la chica no supo contestar. O más bien no quiso. Se alejó de él aterrada y el guardia de seguridad lo invitó a salir de allí.

Las miradas de la gente lo irritaban, y tuvo que contenerse para no enfrentarse al dueño de una tienda de objetos de lujo que no le permitió pasar. En el supermercado en cambio nadie le dijo nada, entró sin problemas. Era un supermercado de gama baja, sin mucha variedad de productos y escaso refinamiento culinario. Buscó a Lib por todas las secciones, y al salir la luna del establecimiento le devolvió una imagen espeluznante, la suya propia: iba en bata y pijama, con zapatillas de andar por casa. Pero lo que más le asustó fue el cabello alborotado y la mirada. Era la mirada de alguien que habitaba ya en otro mundo.

Bajaba por las escaleras mecánicas camino del parking cuando la vio buscar con la vista el peldaño y poner el pie en la escalera de subida. La acompañaba Joseph Lelous, que acababa de contarle algo gracioso. Ella se reía con una risa que Cifuentes había dejado de oír hacía mucho tiempo. Y entonces ellos también lo vieron a él, que bajaba. Lib dejó de reír y Lelous perdió por un momento su aplomo. A Cifuentes le dio la impresión de que se ruborizaba. Conscientes de la gravedad de momento, todos los que presenciaron la escena enmudecieron. Cesó la música ambiente y cesaron los anuncios por megafonía. Sólo se oía el suave ronroneo de los peldaños. Se cruzaron sin decirse nada, y el perfume de Lelous quedó flotando en el ambiente.

De vuelta a casa se detuvo en una megastore de bricolaje. Quería una masilla especial para tapar agujeros. Ni inhibidor de olores ni hostias. Una buena masa para tapar el boquete. No le costó encontrarla, y esto le infundió optimismo. El optimismo de un obrero especializado, seguro de su técnica y experto en materiales. La expresión *experto en materiales* le produjo el confort de una fe libremente interiorizada. A ojo de buen cubero calculó que para tapar el hueco necesitaba al menos cinco tubos de los grandes. Eran tubos como de pasta dentífrica, pero gigantes. En el modo de empleo se aseguraba que una vez seca, aquella masilla era dura como el hormigón. Cojonudo.

La cajera de la megastore lo miró como si dudara de su capacidad para tapar agujeros, pero Cifuentes le sonrió. No estaba para tonterías; si iba en bata y pijama sería por algo. Él era un experto en materiales y se sentía capacitado no sólo para tapar aquel agujero, sino para conseguir con aquella pasta moldeable que el ojo humano no detectara jamás el accidente. ¡Qué sensación la de tener unas manos útiles y unas herramientas apropiadas!

Una vez en casa vació los cinco tubos en un recipiente, y la manera en la que dio vueltas a la masa corroboró su impresión de ser todopoderoso. Comenzó a tapar el boquete. Como era una masa muy adherente, resultaba muy difícil aplicarla con la mano. Se quedaba pegada a los dedos de tal manera, que al retirarlos la masilla se estiraba como si fuera chicle. Debería haber comprado una espátula, pensó. De pronto todas sus expectativas se rebajaron. Taparlo. Sólo taparlo. Tapar aquel agujero le pareció una hazaña heroica, y luchó para no venirse abajo, para no dejarlo todo a la mitad.

La masilla resultó ser notablemente más oscura que el resto de la pared y el resultado final dejó mucho que desear en cuanto a uniformidad, textura y tonalidad, pero no le importó; se sentía satisfecho. Y entonces tuvo la idea ingeniosa de empotrar el enchufe en la masilla, de modo que fuera ella, al endurecerse, la que lo sujetara. Las irregularidades del emplaste quedarían así disimuladas.

Dicho y hecho. Aprovechando la gran adherencia de la pasta, todavía fresca, logró fijar el cajetín. No quedó perfecto, pero consideró que la ligera protuberancia del acabado final era un defecto menor si se comparaba con el boquete. Ahora no podía hacer otra cosa salvo esperar a que la masilla se secara. Trató de leer, pero no le resultó fácil concentrarse, le venían a la cabeza imágenes monstruosas e ideas insensatas. Cada poco se levantaba y comprobaba con la yema de los dedos la dureza de la masa. Pensó que si aplicaba aire frío el proceso se aceleraría, así que cogió un secador de pelo y se sentó frente al enchufe. Efectivamente, bastó media hora de secador para que la pasta se endureciese. Y a medida que la masa se iba convirtiendo en piedra, Cifuentes iba entreviendo la verdad: había olvidado conectar un cable al enchufe.

Imaginarse a sí mismo abriendo de nuevo el boquete para sacar el cajetín, y volviéndolo a tapar con aquella odiosa masilla le produjo primero un escalofrío y luego un ataque de ira. No solía resolver los problemas con violencia, pero una simple patada al enchufe bastó para destruir el parche de masilla, que por cierto no resultó ser tan sólido como parecía. La etiqueta del producto era, como siempre, publicidad engañosa. Maldito capitalismo.

Cuando Edgar entró en casa se asustó. Su padre estaba hablando solo. Nunca lo había visto así. Estaba como trastornado; se cagaba en la puta madre de la electricidad y se preguntaba a voz en grito por qué, por qué, por qué. Al ver a su hijo se calló. Su aspecto era lamentable. Estaba en pijama, desnudo de cintura para arriba. Tenía la cara y el tronco cubiertos por una materia blancuzca en la que destacaban sus ojos negros. Cifuentes intentó explicarle lo que había sucedido, pero no se le entendía muy bien. Decía algo de los enchufes universales. De vez en cuando sacaba la lengua como si en el labio superior se le hubiese pegado un cabello o la esquinita de un papel. La lengua también la tenía blanca. Dijo algo de un boquete, de un puto boquete y señaló la pared. Entonces Edgar lo vio. Era como si un invidente hubiera estampado contra el muro las claras churruscaditas de treinta huevos fritos, las hubiese aplastado con un almirez, y luego hubiese colocado accidentalmente sobre ellas un enchufe descomunal.

–Bueno, no te preocupes, papá; por lo menos ya tenemos enchufe.

–No. Ese es el problema: que no tenemos enchufe por alguna PUTA razón que no entiendo. Mira, he conectado, ¿ves?, el enchufe con la toma por donde se supone que corre la luz. ¿Ves? ¿Lo ves, Edgar? ¿Lo ves?

–Sí, papá, sí lo veo. Tranquilo.

–¿Por qué no funciona? ¿Por qué? ¿Por qué? ¿Por qué? Sabes que no soy violento, pero ahora mismo necesito, necesito de una manera íntima y visceral, no de una manera caprichosa, no. No porque me haya cabreado, sino de un modo epistemológico, por decirlo así. ¿Sabes qué significa *epistemológico*, Edgar? Si no lo sabes, quita epistemológico y pon esencial. Necesito esencialmente, como el pez necesita el agua, necesito demoler esta casa con un martillo hidráulico, sintiendo en mis bíceps el temblor de cada impacto. Y siento que si no lo hago, me voy a asfixiar, hijo, me voy a asfixiar. He perdido toda la PUTA tarde con el enchufe de los cojones, y ahora resulta que no funciona, y no sé por qué. Y tampoco sé si me molesta más constatar que no tengo ni PUTA idea de electricidad, que no sé qué cojones es la corriente ni cómo funciona la luz, no sé si me molesta más constatar que ignoro por qué se enciende la bombilla que nos hace felices pese a haber cursado el bachillerato y pese a haber hecho circuitos eléctricos de relativa complejidad sobre un pequeño tablero de madera contrachapada con una pila de petaca y una bombilla; no sé si me molesta más eso, digo, o comprobar que soy un inútil; un perfecto inútil, tan inútil que si un avión me soltara en la selva equipado con brújula, mapa y machete, perecería, perecería al segundo día, quizás esa misma tarde, de hambre o de sed o de frío, incapaz de cuidar de mí mismo. Más o menos como un bebé. Y quien dice la selva, dice el apartamento de una ciudad desconocida, porque no sólo soy incapaz de encender un fuego, de afilar un cuchillo, de aplicar un torniquete o de hacer una respiración boca a boca, soy incapaz de encontrar la llave principal de agua, la espita del gas, soy incapaz de poner un PUTO enchufe.

De pronto cesó de gesticular y dejó caer los brazos a lo largo del cuerpo. Parecía un juguete al que se le hubiera acabado la cuerda. Parecía un Cristo bajado de la cruz, sólo que en vez de estar cubierto de sangre estaba lleno de masilla, pero igualmente desamparado.

Edgar le preparó un baño tibio con mucha espuma. Lo ayudó a desnudarse, a entrar en la bañera, y una vez sumergido le frotó la espalda y le enjabonó la cabeza. Cifuentes se quedó dormido en aquel líquido amniótico. Fue un sueño breve, apenas cinco minutos, pero cargado de imágenes superpuestas y pastosas. Abrió los ojos sobresaltado. Tenía la sensación de haber dormido siglos.

Cuando salió del baño, Edgar estaba inspeccionando su chapuza. Una toma no podía salir nunca de un interruptor. Debía salir de otra toma de corriente. Acababa de estudiarlo en Experimentación y Divulgación Científica.

–Ahora vamos a llevar el cable un poco más allá –propuso Edgar–. Tomaremos la corriente de aquel enchufe, y ya verás como nos funciona.

Vamos a llevar. Tomaremos. Nos funciona. O sea, *nosotros.* Él y su hijo. Cifuentes quiso abrazarlo por haber usado aquel plural tan oportuno, pero se contuvo, no quería resultar melodramático. Abrazarlo por un enchufe, lo que faltaba. Además temía echarse a llorar. Debía de estar hecho polvo. Si no, no se explica que una primera persona del plural estuviera a punto de desmoronarlo. Edgar lo acompañó al dormitorio, lo ayudó a meterse en la cama y apagó la luz antes de cerrar la puerta.

El encuentro del mall tuvo la virtud de acelerar los acontecimientos. Tras el sainete de las escaleras mecánicas, Lib reconoció lo evidente. Lo reconoció, se mostró arrepentida, nada segura de estar enamorada de Lelous, y dispuesta a salvar su matrimonio, como decían en las películas, a luchar por él y a solucionar los problemas, las mutuas incomprensiones, todo lo que les había llevado hasta ese punto. Al fin y al cabo, para eso estaban en Missouri, para buscar problemas y solucionarlos. Aunque Cifuentes se resistió, Lib se empeñó en que ambos acudieran a la consulta de un consejero matrimonial.

En aquellas sesiones de terapia hablaron mucho. Los estadounidenses confían ciegamente en el poder curativo de la palabra y sienten por la sinceridad un respeto sacramental, así que durante meses se sometieron a un tratamiento de basta-ya-de-mentiras tan dañino como inútil. La terapia no sirvió para nada, salvo para empeorar las cosas, para provocarse mutuamente más dolor y un resentimiento que no habría existido si no se hubieran contado ciertas cosas que no era necesario saber.

Cifuentes se desmoronaba. La pésima gestión de lo de Nela Williams tenía mucho que ver con esa sensación suya de que la vida se le estaba viniendo abajo. De todos modos, su error en el caso Williams fue confiar en el sentido común. En Estados Unidos siempre es más práctico confiar en un buen abogado. Pero desde el principio Cifuentes tuvo claro que no pagaría un centavo por su defensa. Era rancio honor castellano, pero también esperanza de que todo se solucionara *a la española*, discretamente, dejando pasar un plazo, dilatando sine die una comparecencia o hablando directamente con la interfecta y diciéndole mira, niña, no tienes razón, por ahí no vas a ninguna parte.

Pero Nela Williams, mucho más negra y estadounidense que él, sabía que si lo dejaba todo en manos del sentido común, perdería sus opciones. Así que ella sí confió en un buen abogado, en uno de esos mercenarios que no cobran si no ganan, pero que en caso contrario se embolsan la mitad de lo que se reciba.

Convenientemente asesorada por el tiburón, Nela Williams ganó la, digamos, batalla mediática. Había ido de televisión local en televisión local contando entre lágrimas su desdichada vida: un marido maltratador y un profesor blanco, de origen latino, insensible a sus circunstancias y sobre todo a su enfermedad, a sus ataques de epilepsia que él confundía malévolo con ataques de sueño. Junto a ella aparecía siempre un sujeto que decía ser doctor y que corroboraba científicamente sus palabras. Nela Williams padecía un TMO o un HGP o un YDG, una de esas siglas que sirven para justificar los comportamientos intolerables. Nela Williams había ido también a los periódicos de la ciudad, que la entrevistaron en las páginas centrales y que no tuvieron la decencia de ponerse en contacto con Cifuentes para contrastar la información.

Un día, saliendo de la oficina del consejero matrimonial, lo llamaron de otra oficina, de la oficina del decano y lo convocaron al día siguiente. En todo este tiempo, Lib (y esa fue una de las cosas que Cifuentes le echó en cara en alguna voluptuosa sesión de All-You-Can-Say) no había mostrado la más mínima empatía por él. Como mucho, algún no-te-preocupes-todo-se-va-a-solucionar. Más que su esposa, Lib parecía una colega del departamento, obsesionada con ser equidistante y con no comprometer su imparcialidad hasta saber en qué quedaba la cosa.

–Me habría gustado –le confesó Cifuentes en alguna sesión de consejero– que en algún momento, en la intimidad del matrimonio, sin que nadie nos oyera, hubieras llamado a Nela Williams hija de puta.

Para compensar su falta de apoyo, para que Cifuentes viera que su propósito de enmienda era sincero y que estaba de veras luchando por su matrimonio, Lib lo acompañó a la oficina del decano. Ted

Confitello, un tipo cordial y educado, los recibió en camisa, remangado, con el nudo de la corbata aflojado. A Cifuentes siempre le dio la impresión de que ambos detalles constituían una especie de uniforme, de imagen corporativa, y de que en realidad ni las mangas de la camisa podían bajarse del todo ni el nudo de la corbata subirse hasta el gaznate.

–Antes de que empecemos a hablar quiero decirte que estoy de tu parte al cien por cien, Arturo –le dijo Ted–. He examinado los expedientes, he hablado con Nela, he hablado con todos tus compañeros y sé que eres inocente, diga lo que diga Magdalena Lima-Pintón. Aquí estamos viviendo una dictadura de los oprimidos; hay que llamar a las cosas por su nombre. Reconozco que los afroamericanos de este país tienen muchos motivos para estar enfadados con nosotros, los blancos. Pero también sé que esta no es tu guerra, y que Nela Williams te está atacando porque eres el eslabón más débil del departamento. Quiero que sepas cuál es el contexto. Nela Williams ha jugado sus bazas y ha ganado la batalla mediática. No quiero darte falsas esperanzas. Llegados a este punto, nadie entendería que no celebráramos un juicio oral. Todos los miembros del Comité de Conflictos están a favor de abrirlo. Pero no ha habido votación. He logrado pararla. Mientras no haya votación formal, no habrá juicio. Quiero que sepas que he puesto en juego todo mi prestigio profesional para aplazar la votación.

–Te lo agradezco.

–No te lo digo para que me lo agradezcas; hago

esto porque me parece justo. Simplemente quiero que conozcas el contexto: una opinión pública, la de Columbia, Missouri, con mala conciencia por haber sido racista hasta los años setenta; y unos miembros del Comité de Conflictos a favor de abrir juicio oral porque la decisión contraria se entendería como una maniobra para protegerte.

–Ted, sabes perfectamente que abrirle juicio oral significa condenarlo –dijo Lib–. Las mismas presiones que están sintiendo los miembros del Comité para abrir la vista, las sufrirán durante el juicio. No conozco ningún caso de profesor blanco que haya sido llevado ante un Comité de Conflictos Raciales y que luego haya sido absuelto.

–Por eso me estoy jugando mi prestigio de administrador en este caso, Lib. Me parece que se está cometiendo con Arturo un atropello brutal. Pero mi margen de maniobra es muy estrecho, quiero que tengáis todos los datos del contexto. Me estuve tomando una cerveza con el hijo de puta que asesora a esa muchacha. No como decano, sino como Ted Confitello. Te ahorro los detalles. Me confesó que Nela Williams retiraría la demanda si la aprobabas. Así de claro. Si yo ahora mismo la llamo y le digo que está aprobada, ella llama al Comité y retira la denuncia. Así de sórdido es el asunto. ¿Quieres que la llame?

–No.

–Hazle un examen extraordinario. Yo te cubro las espaldas. Está enferma. Yo me encargo de que consiga un certificado médico.

–No.

–¡Arturo, por Dios, déjate de tonterías y aprueba a esa chica! –dijo Lib.

Pero Arturo fue rotundo:

–No.

Ted no se esperaba esa reacción. Y menos aún de un latino. Era evidente que estaba un poco decepcionado.

–Entiendo tu postura, Arturo, pero te ruego que la reconsideres –dijo–. Habla con Lib, y toma una decisión en firme dentro de una semana. Date una semana.

–La decisión en firme está tomada, Ted. No necesito esa semana y no tengo nada que hablar con mi esposa. Este es un asunto entre una estudiante y su profesor. No voy a aprobarle la asignatura.

Ted Confitello se puso en pie. Era un tío legal, pero también era un tío práctico. Comprendió enseguida que Cifuentes había tomado una decisión inamovible, y no tenía sentido dedicar más tiempo a ese problema ni quemarse más por él.

–No me dejas alternativa, Arturo. No puedo retener más tiempo la votación. No obstante esperaré tu llamada hasta las cero horas. Este es mi celular. Si a las cero horas un minuto no me has llamado, da por hecho que una comunicación informándote de la apertura de juicio oral será recibida por ti en el plazo de una semana.

–Arturo, por Dios, no seas niño –le dijo Lib en el coche, de vuelta a casa–. No permitas que las tensiones del sistema te destruyan. Tú eres un simple individuo, una hormiga. Tú no eres culpable de nada, eres tan víctima como Nela Williams...

–Nela Williams no es víctima de nada, Nela Williams es una hija de puta. Sólo quiero que lo digas una vez.

–Tienes todas las de perder, Arturo. Sé listo, sé práctico. Utiliza los atajos del sistema. ¿Quieren que la apruebes? Apruébala. ¿Qué más te da? ¿No te parece suficiente lo que ya tenemos?

Arturo detuvo el coche en el arcén. Le asombró su propia tranquilidad. Hasta le dio miedo.

–No voy a aprobar a Nela Williams, métetelo en la cabeza. Es una decisión que me perjudica y que también te perjudica a ti. Lo siento y te pido disculpas por ello, pero es una cuestión de dignidad, no creo que lo entiendas. Y quiero que sepas otra cosa: quiero que sepas que si el Comité de Conflictos Raciales de esta puta universidad me abre juicio oral, dimitiré de mi cargo como profesor, y me iré de aquí al día siguiente. Que se busquen otra cabeza de turco –la expresión le hizo reír–. Ni siquiera voy a comparecer. Y por supuesto dejaré de dar clase.

–Pues perdona que te diga, pero me parece una niñería, una decisión impropia de un señor que roza los cincuenta. Y muy poco profesional. Tus estudiantes no tienen la culpa de nada.

–Hubiera preferido que dijeras que esta situación a ti también te parece insoportablemente corrupta.

Me hubiera gustado que dijeras que si yo dimitía, tú dimitirías conmigo. Hace unos años lo hubieras dicho.

–Pues ahora no voy a decirlo. No voy a renunciar a mi puesto sólo porque a ti te haya dado un ataque de dignidad.

El Comité de Conflictos Raciales no tardó ni una semana en comunicarle la apertura del juicio y Cifuentes no tardó ni cinco minutos en redactar la carta de dimisión. No solo no compareció en la sala; no volvió a dar clase. Bernie Menlove lo llamó mil veces alarmado porque los chicos protestaban, pero él no le cogió el teléfono. Histérico, el director del departamento se atrevió a presentarse en su casa, pero Cifuentes no lo dejó entrar ni expresarse. Estuvo a punto de echarlo a patadas. Disfrutaba de su impunidad y se reía a carcajadas imaginando la pequeña revolución que había provocado.

Naturalmente Lib y él no volvieron al consejero matrimonial. Lib se encargó de cancelar los encuentros. Dejaron de hablarse sin esfuerzo ni premeditación, sin violencia y sin reproches. Todo estaba agotado. A Edgar se lo explicaron cada uno por su cuenta, y se sorprendieron de la madurez con que el chico lo aceptó. El síndrome, dijo, no le había impedido presenciar desde fuera el progresivo deterioro de la relación. Lo que le extrañaba era que no se hubiesen separado mucho antes.

Cifuentes alquiló un estudio lejos de la universidad y desde allí lanzó un SOS a la humanidad. Quería salir de allí como fuera y cuanto antes. Escribió a todo el mundo. Antiguos compañeros, viejos colegas y profesores. Todos se compadecieron de su desgracia. Su correo electrónico pidiendo auxilio provocó una corriente de simpatía, pero nadie le ofreció nada en concreto. Las cosas estaban muy mal, los decanatos no abrían líneas, apenas había dinero. Lo de siempre.

Durante un año vivió de sus ahorros. Y había perdido ya completamente las esperanzas cuando un buen día lo llamó Virgilio, reelegido por tercera vez consecutiva rector de la universidad, y le preguntó si quería regresar a España. Su padre, que ya estaba retirado, le había contado lo sucedido y le había pedido que le echara una mano. Desmoines al rescate de nuevo.

Le ofrecieron un puesto de profesor visitante. No era mucho dinero, pero era una manera de meter la cabeza. Y una vez allí no debía preocuparse. Virgilio le aseguraba que en menos de un año le sacaría una plaza de catedrático. Lo importante en aquel momento era salir de aquel infierno.

2
Cómo me hice escritor

Para los estudiantes de mi generación, para mucha gente en España, Augusto Desmoines era una leyenda viviente. Había nacido en 1914, y a los veintiún años ya era catedrático, el más joven de España. El Ministerio de Instrucción Pública le encargó entonces la puesta en marcha de una universidad que rompiera con todos los vicios heredados de las inoperantes instituciones decimonónicas, una institución que se convirtiera en el modelo que los republicanos querían extender por toda España. Desmoines viajó por Gran Bretaña y por Estados Unidos, visitando las mejores universidades y tomando nota de su funcionamiento. De vuelta a España, en 1935, fundó el germen de nuestra universidad, de la universidad donde estudiamos Cifuentes y yo.

Cuando terminó la guerra, Franco ordenó su desmantelamiento y la detención del equipo de gobierno. Desmoines tuvo que esconderse en el aljibe de su casa, donde vivió quince meses. En aquel aljibe escribió un estudio sobre la novela de John Lyly, *Euphues: The Anatomy of Wyt;* un ensayo sobre la influencia de Montaigne en la novela moderna, otro sobre partidas de ajedrez célebres y su conocido ensayo sobre la otra generación del 27: José María Pemán, Miguel Mihura, Tono, Enrique Jardiel Poncela y Álvaro de la Iglesia. En 1941 pudo huir con su mujer y su hijo primero a Francia, y luego a Estados Unidos, donde enseñó unos años antes de regresar a España.

Cuando nosotros entramos en la universidad, en 1981, Desmoines estaba a punto de jubilarse. Su figura era imponente. Un abuelo filipino le había dejado unos pómulos marcados y un hundimiento en las mejillas que le dibujaba un gracioso hoyete muy cerca de la comisura. Era calvo. Conservaba algo de cabello blanco a los lados, pero era calvo. Calvo con una calvicie juvenil. Su rostro arrugado parecía en realidad una máscara de senador romano con unos agujeritos para los ojos. Unos ojos más rasgados que redondos, subrayados por unas bolsas que no llegaban a resultar desagradables. Todo lo contrario, nuestras compañeras pensaban que Desmoines era guapo. ¡Y tenía entonces sesenta y siete años! Lo que le proporcionaba esa elegancia que tanto gustaba a las jovencitas era el bigote blanco, tan perfectamente integrado en el rostro que era imposible concebirlo sin él, y la perilla apenas dibujada, que prolongaba hacia abajo un cráneo majestuoso, a la vez brutal y distinguido. Porque Augusto Desmoines era así, tosco y bello como un carro de combate.

Cuando nosotros lo conocimos mantenía una febril actividad docente e investigadora. Además de publicar y dar clase, impartía conferencias, organizaba seminarios y aceptaba todas las investiduras doctor honoris causa que le proponían, por remota que fuera la universidad que lo honraba con ese nombramiento. Tanto los Gobiernos de la UCD como un año después los del PSOE y más tarde los del PP tentaron a Desmoines para que dirigiera el Ministerio de Educación. Pero él siempre prefirió dedicarse a sus cursos, a sus conferencias y a sus libros. Al contrario de lo que le sucede a la mayoría de profesores universitarios, a Desmoines le gustaba la enseñanza.

Recuerdo sus lecciones sobre las *Novelas ejemplares* de Cervantes. En ellas no se limitaba a dar una interpretación ortodoxa del texto, sino que nos animaba a romper los límites genéricos del ensayo filológico y el corsé metodológico que muchas veces impide avanzar en nuestra disciplina. No era un profesor tradicional, como lo eran otros más jóvenes, cuyo reloj filológico, por cierto, se había detenido en los años setenta. A su edad, Desmoines seguía siendo un profesor inquieto y curioso que no se sentía cómodo transitando por caminos trillados. Concebía el estudio de la literatura como una actividad más cercana a la creación que a la investigación científica. No le interesaba, decía, esa Filología que había eliminado de su discurso las observaciones en primera persona, la información superflua, aparentemente inútil, y la fertilidad de los errores de interpretación. Para ser útiles, los estudios literarios debían asumir los mismos riesgos que la literatura, buscando nuevos temas o nuevos modos de exponer los asuntos de siempre. A él sólo le estimulaba caminar por el alambre. Para Desmoines, si algo no tenía riesgo de fracasar, es que no merecía la pena llevarlo a cabo.

Al final de la carrera, cuando él ya era profesor emérito, Cifuentes y yo le pedimos que nos dirigiera la tesina. No teníamos muchas esperanzas de que aceptara –una tesina no era una tesis y además había dejado de ser obligatoria–, pero dijo que sí. Cifuentes la hizo sobre José María Pemán y yo sobre cartas de batalla. Al principio nuestros encuentros tenían un carácter puramente académico. Pasábamos por su casa y le contábamos lo que habíamos escrito, le consultábamos dudas, nos devolvía corregido algún capítulo que le hubiésemos pedido leer y nos daba pautas para la fase siguiente. Con el trato fue naciendo entre nosotros una no sé si llamarla amistad, quizás eso sea una palabra muy grande tratándose de un septuagenario y unos veinteañeros. Fue naciendo cierta camaradería, eso sí, una complicidad sin estridencias, una corriente de simpatía mutua. Esas reuniones académicas empezaron a prolongarse toda la tarde y acabaron convirtiéndose en tertulias. Aunque sería más acertado llamarlas monólogos, no tertulias, porque Desmoines era el que hablaba y nosotros, los que escuchábamos, conscientes además de nuestro privilegio.

Desmoines volvía una y otra vez a los tiempos en los que había fundado la universidad. Lamentaba no haber podido desterrar ni siquiera entonces ese criterio de organización tan estéril y tan español basado en el rango y en la antigüedad. El escalafón entre los intelectuales y los científicos debe medirse por los méritos profesionales, por la valía y por el trabajo. Él había intentado implantar un nuevo baremo, pero se había topado con la oposición de los catedráticos más conservadores, que vieron amenazado su statu quo. En aquellas tertulias, o monólogos, solía repetir una frase: la universidad no puede ser un cuartel. La decía siempre mirando a su hijo Virgilio, futuro rector de la universidad, que entonces acababa de convertirse en profesor titular y que a veces, cuando las tertulias, o monólogos, empezaron a convertirse en cenas, se unía a nosotros.

Virgilio se había afiliado al PSOE en los sesenta, y cuando murió Franco escaló los primeros puestos en la organización provincial. Encontró en sus compañeros de partido, algunos de los cuales lo eran también en la universidad, una lealtad que brillaba por su ausencia fuera del partido. Antes de empezar Filología Románica, había cursado Políticas y lo había dejado, luego se matriculó en Derecho y también la abandonó. Tras licenciarse, entró de profesor en el mismo departamento que su padre con un puesto de *penene* –PNN–, es decir de Profesor No Numerario. Compaginó la enseñanza con algunos cargos no remunerados en el aparato. Secretario provincial de esto, secretario provincial de lo otro... Poco a poco fue escalando posiciones dentro de la organización, y supo ser necesario en el momento indicado. Cuando el partido ganó las elecciones del 82, no se olvidó de quienes le habían sido fieles: atendió las reivindicaciones de los compañeros penenes y los convirtió a todos en funcionarios de carrera. Aquellos jóvenes de la Transición comprendieron muy pronto que los partidos políticos además de expresar el pluralismo ideológico en una sociedad democrática, son también una manera de ayudarse los unos a los otros, una garantía de que en su seno, como dice el himno del Liverpool, nadie camina solo.

Pero volvamos a la historia de su padre. Cuando terminó la guerra civil y Desmoines cesó como rector en el año 39, su puesto fue ocupado por un miembro del equipo directivo, un tal Gregorio Toledano, catedrático de Bibliografía e íntimo amigo suyo. A Desmoines todavía le costaba hablar con serenidad de aquella traición. Toledano y él se habían hecho amigos en la facultad –como ustedes dos, nos decía a Cifuentes y a mí– y Desmoines había recurrido a él cuando el Ministerio de Instrucción le encargó la refundación de la universidad. Gregorio Toledano había colaborado con entusiasmo en la confección del primer estatuto de autonomía que había tenido nuestra universidad, el más avanzado de la historia de España. Muchos de sus artículos, los más radicales, habían sido redactados por él. Toledano había sido su colaborador, su camarada y su amigo. Desmoines todavía no se explicaba por qué al día siguiente de tomar posesión como nuevo rector, Toledano había ordenado el cese del patronato, el relevo de los decanos y la renovación del equipo directivo. Por qué había nombrado un claustro de siete catedráticos afines, y remitido a la Junta de Defensa Nacional una lista de profesores que debían ser fusilados. Desmoines no se explicaba por qué el primer nombre de esa lista era el suyo.

Unos decían que Toledano era un topo; otros, que era un fanático o un masón. Pero seguramente no era ni lo uno ni lo otro. Toledano debió de ser un hombre ambicioso y sin ideología, que había aprovechado las dos coyunturas políticas para medrar. Como en otros muchos casos, aquella traición no fue causada por la guerra, sino por la envidia. La guerra fue simplemente la ocasión propicia para dar rienda suelta al rencor.

Hasta aquí la historia de Augusto Desmoines contada por él mismo. Tengo que reconocer que en aquel relato siempre me había sonado un poco raro que todo un prohombre republicano hubiera dedicado su tiempo, escondido en un aljibe, a escribir sobre *la otra Generación del 27*. La explicación según Cifuentes era muy sencilla: todo, absolutamente todo lo que nos había contado Desmoines, era falso, una pura mentira que el mundo entero se había tragado de principio a fin. El día que almorzamos juntos en aquella taberna de nuestra juventud, Cifuentes me dijo que todo esto que acabo de escribir y que hasta hoy sigue constituyendo el relato oficial de los hechos, no tenía un ápice de verdad. El tal Gregorio Toledano, por ejemplo, no existía y Desmoines no tenía nada de víctima. Recuerdo que me lo dijo a los postres porque cuando lo soltó nos habíamos quedado en silencio saboreando las natillas, de sobre, que están buenísimas allí.

Cifuentes me contó una anécdota. Poco antes de que nos marcháramos a Estados Unidos Desmoines organizó en nuestro honor una cena de despedida, y cocinó un plato libanés que se llamaba *mashwi shish*. Desmoines presumía de cocinar muy bien. Nosotros llevamos un vino de Rioja que habíamos encontrado en el supermercado. Entonces no teníamos mucho dinero, así que debió de ser un vino mondo y lirondo, que él como siempre convirtió en un vino excelente. Lo abrió, lo oxigenó, lo cató y dijo que era elegante en nariz con aroma a frutos maduros y no sé cuántas cosas más. Total, que era el vino más apropiado para la ocasión, porque un mashwi shish auténtico se debía tomar siempre con un vino afrutado, y el nuestro lo era, y blablablá, blablablá.

En un momento de aquella cena Cifuentes se levantó para ir al baño, y al pasar frente a la cocina entró en ella por curiosidad, y sobre la encimera, al lado del fogón, vio unas latas de conserva. Se acercó, cogió una y leyó la etiqueta. Ponía: *Conservas Slim Simon. Mashwi Shish. Calidad suprema*. ¡Conservas Slim Simon! Desmoines no había cocinado nada en nuestro honor. ¡Todo lo que comimos aquella noche era de lata! Cifuentes lo decía muy enervado, casi gritando, con restos de natillas en la comisura de los labios y los ojos echando chispas, como si aquello fuera una clave que lo explicaba todo.

Lo primero que pensé es que estaba borracho. Habíamos tomado algún vermú de aperitivo, y durante la comida habían caído casi dos botellas de vino. Le recordé que algunas veces la base de un plato era precocinada, y que luego los cocineros la elaboraban mucho. Pero él insistía en que no, en que aquella vez habíamos creído comer un mashwi shish auténtico y lo que habíamos comido en realidad era una puta lata. Él, Cifuentes, no me había dicho nada hasta entonces porque en los más de veinte años que habían transcurrido desde aquella cena no había sido capaz de darle a este hecho la importancia que tenía. Durante toda nuestra juventud y buena parte de nuestra edad adulta habíamos vivido obnubilados por Desmoines. Pero la semana anterior a nuestro encuentro en la Feria del Libro, cuando por fin Cifuentes culminó la exhaustiva investigación sobre Desmoines que había llevado a cabo, comprendió el poder metafórico de aquella anécdota y pensó que tenía que contármela.

Me sorprendió que mi viejo amigo se expresara de aquella manera tan cursi: el poder metafórico de aquella anécdota. ¿De qué poder metafórico me estaba hablando? ¿Qué investigación exhaustiva había hecho sobre Desmoines?

Y entonces Cifuentes me confesó que si había venido a buscarme a la Feria del Libro, no había sido solamente porque quisiera verme. Por supuesto quería verme, pero también quería otras cosas. En realidad quería una cosa. Una sola cosa. Quería proponerme algo que todavía no me había dicho porque yo –según él– me comportaba como un escritor: no decía nada de mí y en cambio se me daba fenomenal tirar de la lengua a los demás. Él no tenía ninguna intención de contarme lo de Missouri; era la primera vez que verbalizaba lo que había sucedido. Y, por cierto, ya se estaba arrepintiendo. A saber dónde iba a encontrar en el futuro toda aquella información. Pero, en fin, a lo hecho, pecho.

Él quería verme para otra cosa. Quería que yo le ayudara a escribir la verdad sobre el caso Desmoines. Sí, la verdad sobre Desmoines. Según él, Augusto Desmoines era *The Great Pretender* (tenía pensado hasta el título del hipotético libro), un farsante, un manipulador. Naturalmente no hablaba de oídas; tenía toda la documentación. La tenía en casa, me la enseñaba cuando yo quisiera. Sólo necesitaba mi talento narrativo.

Confieso que me intrigó. Además la idea de que Cifuentes derribara ante mis ojos el mito Desmoines aunque me aterraba, me resultaba irresistible. Por eso, cuando me propuso que nos viéramos al día siguiente en su apartamento para contarme con documentos y fotografías cómo había descubierto que aquel hombre heroico, nuestro padre, o nuestro padrino, ese viejo profesor que había sido el norte de nuestra vida, era en realidad tan falso como aquel mashwi shish de lata, no lo dudé.

El apartamento de Cifuentes era un minúsculo estudio en la calle Martín de los Heros, frente a los cines Alphaville. Se quejaba de que a su edad tuviera que vivir todavía con estrecheces. Esperaba que al año siguiente saliera ya por fin su plaza de catedrático. Esa había sido la promesa de Virgilio, aunque, la verdad, los Desmoines no le merecían ya ningún crédito. Había descubierto cosas increíbles. En aquel apartamento tenía toda la documentación. Papeles, por supuesto, pero también vídeos y fotografías. Viejas fotografías como ésta, que había aparecido mientras investigaba.

Solté una carcajada al verla. ¿De dónde diablos la había sacado? Cifuentes es el que está de espaldas y yo soy el que está bebiendo. Estamos con otros compañeros de carrera en un bar de la calle Huertas, casi esquina con Recoletos, en Madrid. Habíamos escapado de un recital de poesía universitaria que se estaba celebrando en el edificio del diario *Pueblo*. Leía sus poesías un compañero nuestro cuando nos entró la risa floja. No recuerdo si fue un verso desafortunado o si fue Cifuentes, que empezó a agitarse en silencio y a morder un pañuelo con los ojos inundados de lágrimas. El caso es que tuvimos que salir corriendo y entramos en ese bar, que estaba enfrente.

Acabábamos de matricularnos en Filología Hispánica. Debíamos de estar en primer curso. Yo habría querido estudiar literatura, pero cuando se lo dije a la administrativa que estaba al otro lado de la ventanilla, ella me miró con lástima por encima de las gafas y me dijo que la carrera de Literatura no existía como tal, que lo más parecido a eso era Filología Hispánica. A mí el nombre no me sonó mal y di el visto bueno.

Filología Hispánica aún no se había convertido en una carrera de saldo, aún no era la licenciatura de los que no pueden estudiar algo más serio por falta de capacidad o de nota media. Cuando nosotros entramos en la universidad, Filología Hispánica era todavía una disciplina en la que se matriculaban no sólo quienes no servían para las ciencias, sino también jóvenes de cierta cultura, chicos a los que les interesaban de verdad las letras, y que habían leído bastantes libros para su edad.

Las cosas ya no son así, el mundo cambia, ya lo sé. Pero no es eso lo que me asombra; lo que me maravilla es la velocidad con la que se produjo aquel cambio. Aunque más que un cambio, lo que hubo en la década de los ochenta del siglo pasado fue una in-

110

versión de valores que nos pilló a contrapié. Filología Hispánica, las Humanidades en general, que todavía resultaban apetecibles cuando empezamos a estudiar, dejaron de ser sexys en menos de cinco años, antes de que termináramos la carrera.

En realidad el mundo había empezado a cambiar mucho antes. Antes incluso de que entráramos en la universidad. Pero no nos dimos cuenta. No lo advertimos por ceguera y sobre todo por soberbia: nos sentíamos cómodamente instalados en un saber que no había sido cuestionado en cinco siglos y que iba a seguir vigente, estábamos seguros, al menos otros cinco siglos más. Yo, por ejemplo, quise estudiar literatura porque creía que las Humanidades seguían estando en el centro del conocimiento, y porque pensaba que hombres como Augusto Desmoines no podían estar equivocados. Pero no faltaban indicios de lo contrario. Otros, menos ciegos que yo o más humildes, los vieron y supieron interpretarlos. Lo que nadie imaginó fue la velocidad a la que se produjo aquella revolución. En menos de cinco años el estudio de la literatura, esa tarea a la que habíamos consagrado nuestros años universitarios, pasó de ser una prestigiosa ocupación cuya utilidad nadie cuestionaba a considerarse una disciplina inútil que sólo conducía a la frustración y al paro.

Cuando terminamos la carrera comprendimos que estábamos al margen. Recuerdo la lúgubre cena de fin de curso, y la sensación compartida de que nos habíamos equivocado, de que habíamos cursado unos estudios inútiles, sin contacto con ese mundo nuevo que empezaba a despertar. Quienes pudieron costearse otra carrera o ser mantenidos mientras estudiaban una oposición lo hicieron. Otros se marcharon al extranjero becados por el Ministerio de Educación o por alguna universidad. Y también hubo quien tuvo suerte y pudo repartir propaganda por los buzones o ser camarero o azafata.

Cifuentes y yo decidimos prolongar nuestra vida de estudiantes con las tesinas. Cifuentes la hizo sobre *El paraíso y la serpiente*, de José María Pemán; y yo sobre cartas de batalla del siglo XV, unos textos tan curiosos de leer como inútiles de estudiar. Las escribían los caballeros para retarse a duelo y acordar los pormenores del combate: el motivo, la selección del campo de batalla, la fecha, el árbitro y las armas. Durante los dos años siguientes al final de la carrera me sepulté en la Biblioteca Nacional. Pasaba más tiempo allí que en mi casa. Llegaba por la mañana temprano a la Sala de Manuscritos y Raros, pedía el *Reservado 27* y durante ocho horas diarias copiaba en un cuadernito escolar cartas que luego pasaba a limpio en casa con una Olivetti.

Aquella fue una época caótica en la Biblioteca Nacional. Los bibliotecarios no eran personal especializado, sino funcionarios de otras administraciones que

112

habían sido destinados allí. Nadie controlaba nada. Yo aparcaba mi Seat 600 amarillo en el interior del recinto como si fuera un empleado de la casa y me movía a mis anchas por todos los departamentos. Hice fotocopias de los incunables que quise, y una vez me colé con la ayuda de «la Araña» en los depósitos subterráneos.

La Araña era la persona que todas las mañanas me servía el *Reservado 27* en la Sala de Manuscritos. Tenía dos años más que yo y había conseguido una beca de bibliotecaria mientras escribía su tesis doctoral. El verano de 1987 lo pasamos juntos en la Sala de Manuscritos y Raros. Llegábamos los dos a primera hora, ella se ponía a servir peticiones y yo a copiar cartas de batalla en mi cuaderno escolar. Comíamos juntos y después de tomar café, volvíamos a la faena. Jugábamos a ser los únicos habitantes de la tierra, y en cierto modo así era, porque Madrid se quedó vacío aquel agosto. Todos nuestros amigos se habían ido de vacaciones menos nosotros, que íbamos adquiriendo a medida que pasaba el verano un tono de piel entre cerúleo y verdoso.

Un día, poco antes de cerrar, la Araña me preguntó si me gustaría ver el *Mio Cid*. Su estado era tan ruinoso que habían restringido el acceso a la cámara donde se encontraba. Ella sin embargo podía pasar. Cuando la biblioteca se cerró al público, la Araña y yo bajamos por un montacargas, recorrimos unos pasillos formados por estanterías repletas de libros y legajos, y llegamos a una cámara que se abría con una contraseña. Dentro estaba la urna que contenía el *Poema*.

Uno piensa que esas cosas no van a afectarle, pero la verdad es que me estremecí al rozar con las yemas de los dedos unas hojas que parecían a punto de deshacerse. Per Abbat, el monje de Medinaceli que lo copió, había tocado esas mismas páginas ochocientos años atrás. Todavía podía verse la delimitación de la caja y la superficie pautada con la punta de plomo. Me lo imaginaba mojando el cálamo en el vitriolo, posando los ojos en la pericopia (que no se conserva), cometiendo un error por lectio facilior, memorizando el fragmento, dictándose la frase a sí mismo, transcribiéndola con el error y volviendo la vista al modelo. Me estaba imaginando todo esto cuando la Araña me abrazó y me besó en los labios. Sí, me besó en los labios. Y volvió a besarme y me besó de nuevo porque la intención de la Araña nunca fue enseñarme el *Mio Cid*, sino violarme en las entrañas de la Biblioteca Nacional.

Yo entonces era bastante tímido y el corazón se me desbocó ante la posibilidad de perder allí mi preciada virginidad. Intenté recordar si me había duchado aquella mañana y si llevaba calzoncillos limpios. Pero a la Araña no parecía importarle ni lo uno ni lo otro a juzgar por el entusiasmo con que se entregó al sexo oral. Yo seguía hojeando el *Mio Cid* como si tal cosa. Por un lado trataba de aparentar indiferencia y por otro intentaba concentrarme en Per Abbat para no terminar demasiado rápido. Entre eso y entre que

114

el sitio era incomodísimo, el resultado fue desastroso. No sé qué hicimos, no sé cómo nos pusimos, pero el caso es que sin querer y por no derramar en ella, derramé sobre el manuscrito. Sí, sobre el códice del *Mio Cid*, concretamente en la parte que decía:

Alegre es doña Ximena e sus fijas amas
e todas las otras dueñas que's tienen por casadas.

La Araña se asustó, sacó a toda prisa un kleenex e intentó limpiarlo, pero su afán no hizo sino empeorar las cosas. El sulfato de hierro de las tintas medievales debió de hacer reacción, no sé, la tinta se ablandó y el pañuelito de papel se llevó por delante cuatro hemistiquios. Cuatro hemistiquios enteritos, con sus pausas o cesuras. Recuerdo la irritación de la Araña mientras cerraba a toda prisa la urna y me sacaba de allí a empujones. Fue un poco humillante para mí, la verdad. Me arrepentí de mi delicadeza, y la simpatía que sentía por ella desapareció con los versos 1801 y 1802. Aunque seguimos viéndonos en la biblioteca lo que restaba de verano, la relación entre nosotros se estropeó.

Años después, cuando me enteré de que la Biblioteca Virtual Miguel de Cervantes había colgado en internet una versión digital del *Poema*, entré en busca de los versos mencionados, y comprobé que aunque mis novelas se olvidaran para siempre, yo ya había cumplido el sueño de todo escritor: dejar huella, modificar la literatura o por lo menos una pequeña parte de ella.

Non tiene en cuenta los moros q̃ ha matados
Lo q̃ caye ael mucho era sobeiano
dyos q̃d don Rodrigo el q̃ en bue ora nasco
De toda la su q̃nta el diezmo la mandado
Alegres son por balancal las yentes ç̃anas
Tantos auien de aueres de cauallos e de armas
[ilegible]
[ilegible]
Al bueno de myo çid non lo tardo por nada
Do sodes cabolo venid aca mynaya
Delo q̃ auos caye vos non gradecedes nada
Desta mi q̃nta digo vos sin falla
Prended lo q̃ q̃sieredes los otro semanga
Cras ha la mañana yd nos hedes sin falla
Con cauallos desta q̃rta q̃ yo he ganada
Con siellas e con frenos e con señas espadas
Por amor de mi mug̃ e de mis fijas amas
[ilegible] q̃ alli las en bio dond ellas son pagadas
Estos dozientos cauallos yran en p̃sentias
q̃ non diga mal el Rey alfonsso del q̃ valençia manda
mando a p̃ bermuez q̃ fuesse con mynaya
Otro dia mañana p̃uado caualgauan
E dozientos omes lieuan en su conpaña
Con saludes del çid q̃ las manos le besaua
Desta lid q̃ ha arrancada e e cauallos le enbiaua
Seruir lo he sienp̃ mientra q̃ ouiesse el alma

Cifuentes y yo terminamos nuestras tesinas a la vez, y las defendimos casi al mismo tiempo. Luego nos quedamos vacíos y sin saber qué hacer con nuestras vidas. En la universidad no se convocaban plazas, todas habían sido copadas por los penenes de la generación anterior. Como no tenía dinero para estudiar una oposición, envié mi currículum a colegios, editoriales, academias de idiomas y agencias de publicidad; me ofrecí como crítico literario a la revista *Semana*, donde supuse que no habría mucha competencia; me presenté como candidato a una plaza de auxiliar de vuelo en Spanair y a otra de crupier en el Casino de Madrid, pero ninguna de las dos empresas me seleccionó. Una por no tener experiencia suficiente y otra por considerarme sobrecualificado. Hasta que Desmoines, viéndonos tan desesperados, nos habló de Elias Rivers, el editor de Garcilaso y del capitán Aldana, a quien él había conocido durante su exilio en Estados Unidos, y nos preguntó si estábamos dispuestos a marcharnos con una beca doctoral a la Universidad Pública de Nueva York.

¿Que si estábamos dispuestos a marcharnos? ¡Estábamos desesperados! Y además éramos jóvenes, de modo que no lo pensamos mucho. El 29 de agosto de 1988 ocupamos los asientos 30E y 30F del vuelo IB 801 rumbo a Nueva York. Conservo en la memoria mi sensación al aterrizar en el Kennedy por primera vez. Llovía a mares; y todo me pareció sombrío y amenazador, en particular los mozos de aeropuerto. Desde mi ventanilla los veía ir de un lado para otro, cubiertos con capas de agua y botas aislantes. Su indiferencia ante el temporal les daba un aire brutal y futurista. Y me pareció que todo era desmesurado. Desmesurados los aviones detenidos en la pista mientras los técnicos realizaban tareas de mantenimiento; parecían animales gigantescos y mansos dejándose ordeñar con paciencia. Desmesurados los policías que custodiaban nuestro recorrido hasta los controles de inmigración y que tantas veces había visto en los telefilmes; parecían gigantes con sus gorras de plato y su cinturón cargado de efectos: esposas, spray, pistola, porra, teléfono vía satélite y transmisor. Desmesuradas las colas para el control de pasaportes, desmesurada la agresividad de los oficiales de aduanas y desmesuradas las dimensiones de la limusina con conductor que alquilamos para ir desde el Kennedy a Stony Brook, una pequeña población de Long Island, donde estaba la Universidad del Estado. Y desmesurada me pareció también la naturaleza, un término que en Estados Unidos incluye los automóviles, y cuya exuberancia no puede ser descrita con nuestro paupérrimo vocabulario europeo. Pero si tuviera que elegir una imagen que resumiera aquella primera impresión, y que también resume el espíritu de aquel país, me quedaría con el frenazo que pegó nuestra limusina para no arrollar a un hombre sin piernas pero con una musculatura descomunal, que conducía a golpe de brazos una silla de ruedas por el carril derecho de la autopista. El conductor no dijo nada, se limitó a mirar por el retrovisor, a señalar el cambio de carril con el intermitente y a adelantarlo con naturalidad.

Y también recuerdo el coche que nos compramos Cifuentes y yo; un Subaru del 77 color azulón. Lo compramos en Alfons Automobile, una de esas tiendas de segunda mano que tienen los coches alineados en la

118

puerta y un montón de banderitas a la entrada. Alfons te hipnotizaba. Lo veías y pensabas: deseo ser amigo de este hombre, necesito que me considere uno de los suyos, no puedo vivir más tiempo sin el favor de su amistad. Y entonces comprabas lo que él te decía. Nosotros desde el primer momento fuimos a la contra, pero en cinco minutos Alfons anuló nuestro pensamiento adverso, hizo añicos nuestra autoestima, que es la principal enemiga del consumo, e invirtió los términos de la relación. Intentamos que Alfons no se diera cuenta de que además de estar a su merced no teníamos ni puta idea de coches. Así que entrábamos y salíamos de los que más nos gustaban, subíamos la tapa del capó, trasteábamos en el motor y le pedíamos a Alfons que acelerara. Alfons hacía todo lo que le pedíamos y nos miraba con paciencia, hasta que se hartó del paripé y nos dijo mirad, así no se mira un carro. Un carro se mira así y asá, y empezó a confesarnos secretos que no debería contarnos porque iban en contra de su negocio. Cuando le dijimos que nos quedábamos con el Subaru, Alfons bendijo nuestro gusto. Dijo buena elección, chicos, este es justo el carro que yo hubiera comprado si estuviera en vuestros zapatos. Y diez minutos después ya estaba matriculado con todos los papeles a nuestro nombre. Todavía echo de menos aquellas facilidades para el consumo en aquel paraíso del capitalismo.

Nuestro sueldo en Nueva York no daba para mucho. Alcanzaba para pagar la renta y la factura del teléfono, para hacer la compra y para tomar unas cervezas. Si surgía algún imprevisto o querías volver con tu familia en navidades o en verano, tenías que buscarte algún trabajo. Pero los extranjeros no podíamos trabajar fuera de la universidad. Sólo podíamos hacerlo on campus. Podías dar clases particulares de español, colocar libros en los anaqueles de la biblioteca, limpiar los comedores o servir de cobaya humana en el hospital universitario, que era lo que mejor se pagaba.

Kim Robertson fue estudiante mío el primer año. Trabajaba como administrativo en el Comité de Ética de una empresa farmacéutica, la Fundación Projecto, que estaba asociada a la universidad. Un día en mi despacho, mientras le explicaba las diferencias entre *ser* y *estar*, Kim me dijo que estaban buscando gente para probar una nueva vacuna contra la gripe. Dos mil dólares por tres pinchazos. Acepté, claro. Me hicieron un reconocimiento médico, firmé muchos papeles, me pusieron las tres dosis de la vacuna y durante un mes me hicieron análisis de sangre todas las semanas. El último día del tratamiento ya tenía dos mil dólares más en mi cuenta corriente. Después de la vacuna probé unas gotas nasales por 1500, luego una pomada antiinflamatoria por 1200 y unas píldoras digestivas por 3000.

Nunca le dije nada a Cifuentes. Kim me había pedido discreción con los experimentos. No es que estuvieran prohibidos, pero cuanta menos gente tuviera información sobre ellos, mejor. Además, en aquella época, cuando empecé con los experimentos, ya se había creado entre nosotros cierta tirantez. Cifuentes había conocido a una bióloga con inquietudes culturales que se llamaba Lib y que estaba siempre en casa. Vivíamos entonces en un pequeño sótano sin ventanas, por el que pagábamos doscientos dólares al mes, y donde no había sitio material para tres personas. Si dos de ellas se quedaban hablando por la noche, la tercera no podía dormir. Y eso era lo que sucedía con frecuencia: mientras ellos discutían hasta las tres o las cuatro de la mañana sobre, qué sé yo, sobre si la literatura contemporánea expresaba o no el espíritu de su época, yo intentaba conciliar el sueño acurrucado en mi futón.

–Los niños –decía Lib– no deberían estudiar historia de la literatura, sino historia de la ciencia. La hipótesis del fotón de Einstein o la hipótesis de Oparin sobre el origen de la vida a partir de un caldo primitivo o el mismo ordenador, un simple ordenador de sobremesa, son creaciones más imaginativas y con mayor incidencia en la realidad que Shakespeare.

–Todas las artes son simulacros, cariño –le oía yo decir a Cifuentes medio borracho, merecedor de una mano de hostias–. ¿Qué es la perspectiva? Un simulacro de profundidad. ¿Y el cine? En el cine ni siquiera hay movimiento, pese a su nombre. Dentro de lo que cabe, la literatura no engaña a nadie.

–¿Cómo que no? –decía Lib, que se excitaba mucho con estos debates–. La literatura es el arte del *como si*. Escribir *como si* estuviéramos pintando. Leer *como si* estuviéramos allí. La historia de la literatura es la historia de un intento desesperado: el intento desesperado de que el lector *vea*.

Y aquí, por ejemplo, la discusión se interrumpía bruscamente. De pronto el sótano quedaba en silencio. La primera vez me asusté, y hasta me di la vuelta por si les hubiera pasado algo. Pero no les había sucedido nada, se estaban besando. A partir de entonces supe que aquellos silencios repentinos anunciaban lo peor. Lo peor para mí, claro.

Un día hablé con Cifuentes y le di un ultimátum: o se marchaba del sótano o no volvía a traer a Lib por la noche, pero yo tenía derecho a dormir tranquilamente en mi casa. Cifuentes se tomó aquella reivindicación a la tremenda, como una especie de traición. Muy digno, se fue a vivir con Lib y me dejó a mí el sótano. Y me dejó también, por supuesto, su parte alícuota del alquiler.

Un día Kim Robertson me llamó para informarme de que el Comité de Ética había dado luz verde a un experimento que duraba un mes y por el que pagaban seis mil dólares. El modus operandi variaba esta vez. El tratamiento tenía que recibirse por la noche en la Fundación Projecto, cuya sede central estaba en Teaneck, New Jersey, a tres horas de Stony Brook. Como en la Fundación la mayoría de los investigadores eran

122

profesores de universidad, las pruebas se realizaban siempre a partir de las ocho.

La primera noche llegué en tren a la estación de Hackensack y de ahí caminé hasta el centro de Teaneck, donde estaba la Fundación, un edificio singular, construido con un material parecido al cristal, pero opaco, llamado *hépsilon*. El hépsilon dejaba pasar la luz pero no las miradas. Desde dentro parecía que estabas trabajando al aire libre, pero desde fuera no se veía nada, salvo que tú desearas ser visto y accionaras un interruptor que lo activaba y lo hacía transparente.

El encargado de recibirme, de ayudarme con el papeleo y de explicarme en qué consistía el experimento se llamaba Makenzie, un tipo extremadamente simpático y correcto, con gafas y cara de yerno formal, que infundía una confianza inmediata. No tenía que tomarme nada, me dijo, se trataba de que me sometiera a una pequeña estimulación magnética. Hoy la estimulación magnética es algo muy extendido, basta con teclear en un buscador de internet TMS o Transcranial Magnetic Stimulation para que salgan miles de referencias, pero entonces la técnica estaba en pañales. Makenzie me contó por encima en qué consistía el proyecto, pero no me dio muchos detalles. Y no creo que fuera porque quisiese ocultarme nada, sino porque ni él mismo ni nadie de su equipo tenía una idea muy exacta de lo que estaban buscando.

Como siempre, lo primero que me hicieron fue un reconocimiento médico. Luego me midieron la actividad fisiológica del cerebro con una tomografía de emisión positrónica, y a continuación pasamos a la sala de pruebas, equipada con unas máquinas estrambóticas e intimidatorias que me parecieron demasiado rudimentarias en aquel contexto.

Todos los lunes, miércoles y viernes de ese mes acudí a la Fundación Projecto para someterme a una TMS. A las diez de la noche Makenzie me esperaba puntual en la entrada del edificio y me acompañaba hasta su despacho. Primero rellenaba un detallado cuestionario sobre mis cambios emocionales y fisiológicos, los que hubiera notado hasta entonces, si es que había notado alguno. Luego me hacían el reconocimiento, y a continuación me sometían a la estimulación. No hacía daño, no sentías nada, solo un cosquilleo detrás de las orejas cuando te colocaban el casco con los electrodos. Media hora después Makenzie me acompañaba a la puerta, nos despedíamos y yo caminaba hasta la estación de Hackensack, donde tomaba un tren que salía a medianoche y que me dejaba en Stony Brook a eso de las tres de la madrugada.

Dos semanas después de recibir la última sesión de tratamiento sucedió algo. Estaba tomándome una hamburguesa en Billie's, en Port Jefferson, cuando me fijé sin motivo en una pareja que acababa de entrar, un hombre y una mujer. Ni él ni ella tenían nada de particular. Se sentaron en la mesa de al lado, y entonces *supe*, lo digo así, en cursiva, *supe* que ella era peluquera.

Ya sé que deducir la profesión de una mujer no es en sí un suceso extraordinario, pero es que yo no tenía ningún dato para saber que era peluquera. Y sin embargo lo *supe*. No lo deduje; lo *supe*. Y no sólo *supe* a qué se dedicaba. *Supe* también que era madre soltera, y *supe* que vivía en un apartamento minúsculo al sur de la ciudad, al que solo se podía acceder a través de otro apartamento, del que ella no tenía las llaves. Ella tenía que llegar a su apartamento antes de que los vecinos se hubieran acostado. De otro modo, volverían a tener una discusión como la del otro día, cuando ella llegó a las doce y media y ellos, que ya estaban durmiendo, tuvieron que salir de la cama para abrirle la puerta. Los tres soportaban esta situación delirante porque pagaban una renta bajísima, pero así no podían seguir viviendo. Ni ella ni el matrimonio. Él era camionero, tenía problemas de espalda y últimamente no lograba conciliar el sueño. Aquella noche, la noche que tuvo que salir de la cama para abrirle la puerta a la peluquera, el camionero no volvió a pegar ojo, y al día siguiente tuvo que viajar a New Haven, y de allí a Austin, con el consecuente peligro de quedarse dormido. Menos mal que tenía algo de coca para esnifarla durante el trayecto.

Supe todo eso con solo posar la vista en la pareja que aquella noche entró en Billie's. La cosa me hizo gracia y no le di mayor importancia, todos tenemos

125

momentos en que se nos va la cabeza. Pero al día siguiente me volvió a suceder algo parecido en otro bar,
en el Park Bench, donde había un empresario agríco-
la, que tenía dificultades en su matrimonio a causa de
un desliz, y con un hombre gordo que planeaba montar una empresa de diseño y cuidado de invernaderos.
Había también una mujer con un jersey de angora y
una disparidad, casi una contradicción, entre su cabeza y el resto del cuerpo. Había salido del baño y había ido a sentarse al lado de un hombre completamente calvo que le sacaba no menos de veinte años,
y que movía el talón derecho de arriba abajo, como
si presionara histéricamente un pedal invisible. El
hombre llevaba slips ajustados, de esos que marcan el
paquete como si fuera una pelota de tenis. Pese a su
edad, seguía masturbándose de vez en cuando. Aquel
nervioso movimiento del pie en el pedal invisible dela-
taba una necesidad de estiramiento muscular. Ella en
cambio alternaba épocas de desgana con etapas de intensa y frecuente actividad sexual. Estaba en una de
estas últimas, pese a que en ese momento pareciese se-
ria, tensa, y estuviera tratando alguna materia grave
con cierta contrariedad, con un leve enfado dibujado
en la contracción involuntaria de los rasgos faciales.

De pronto el calvo la penetró. Cómo se quitaron
la ropa, no lo sé. Sólo sé que el pene del calvo estaba
allí mismo, delante de mí, en medio del Park Bench a
un palmo de mi cara, venciendo la resistencia de la
carne vaginal no demasiado lubricada todavía. Aunque no me venían los nombres de ninguno de los dos,

como tampoco me vino el de la peluquera, aquella imagen era tan vívida, que tuve que desviar la mirada hacia un grupo de ingenieros y electricistas, todos ellos socios fundadores de la misma empresa. Eran cinco, y al día siguiente iban a firmar su primer gran contrato. Tras unos años de incertidumbre económica, en los que estuvieron a punto de cerrar la empresa, la suerte por fin les había sonreído. La Agencia Espacial Europea acababa de adjudicarles un contrato para fabricar durante los próximos diez años un tipo de conector eléctrico que iría instalado en todos los satélites. Y yo podía *verlo*, podía *ver* aquel conector. El nombre de la empresa tampoco me venía, pero uno de los ingenieros, el que había trabajado en su etapa de estudiante como chico para todo en el rodaje de un spot publicitario sobre rendimiento muscular, tenía una herida en el dedo meñique y yo *sabía* cómo se había hecho esa herida, podía *ver* el momento, la pelea con su esposa, todo.

La información venía como un meandro entrecortado, primero tenue, pero enseguida la señal telepática, o lo que fuera aquello, crecía hasta convertirse en un torrente de datos precisos y detalles realistas que me desbordaba. Sólo se detenía cuando apartaba la vista. Pero al apartarla, la fijaba inevitablemente en otro punto, en las personas que estaban al lado, por ejemplo, en dos sacerdotes sin hábito, homosexuales, que al día siguiente volvían a Uruguay después de una misión episcopal en Utah. O un poco más allá, en un grupo de mujeres miembros de una coral que acaba-

127

ba de ganar un premio muy importante por su ejecución de la canción popular *Shepherd's Bush*.

Era para volverse loco. Me sentía como el dial de una radio que está buscando una emisora y que no logra encontrarla. Me acordaba de Funes el memorioso, aquel personaje de Borges que era incapaz de abstraer y resumir sus percepciones, y que recordaba cada persona, cada perro, cada mesa, cada objeto con todos sus detalles individuales. Sólo que yo no recordaba. Yo *sabía*. Fijaba la mirada en alguien, pensaba en algo, y –salvo los nombres, que no me venían– el pasado de esa persona, su vida presente, y algunas veces la futura, acudían a mí como un perrillo faldero. Qué digo como un perrillo faldero; como un lobo, como una fiera salvaje que me devoraba el cerebro.

Una noche volví a la Fundación para hablar con Makenzie. Tenía que contárselo y pedir que me ayudara o que me explicara por lo menos qué me estaba sucediendo. En el control de entrada me dijeron que esperara, y esperé. Y al cabo de una hora seguía esperando. Volví a preguntar. Me dijeron que Makenzie estaba reunido y que no sabían cuándo volvería a estar disponible. Regresé a casa, pero antes le escribí una nota, contándole por qué había ido a verle y pidiéndole que se pusiera en contacto conmigo lo antes posible. No me llamó. Intenté localizarlo por teléfono, pero cuando no estaba reunido, estaba de viaje. Y no me devolvía las llamadas. Fui de nuevo a Teaneck, y volví a presentarme en la Fundación. Esa vez con un ramo de flores para dar la impresión de que sólo quería hacerle un regalo. Estaba seguro de que hablaban con él desde el puesto de control y de que le describían mi aspecto. Pensé que si le decían que llevaba en la mano un ramo de flores, Makenzie igual picaba y se dignaba bajar. Pero no picó. No bajó. Estaba reunido, me dijo el guardia de la entrada, un aficionado a la pesca submarina que estaba ahorrando para comprarse un nuevo traje de neopreno. Le daba la impresión de que la reunión iba para largo. Yo dije que muy bien, que esperaría a que terminara, que no había prisa, y que tenía mucho interés en darle ese ramo de flores. Y entonces él me dijo que no podía esperar allí si no tenía una cita previa, y que tendría que esperar en la calle. Y yo dije que muy bien, que esperaría en la calle. Así que salí, y allí me quedé con un frío que pelaba, pero resuelto a no marcharme sin haber hablado con Makenzie.

No tardó en aparecer un coche patrulla, que se detuvo a mi lado. Uno de los dos policías, no el que se acababa de divorciar, sino el otro, el que tenía un hijo que era una promesa del tenis en pista rápida (diecisiete años y 25 puntos ATP. ¡Y la temporada no había hecho más que empezar! Su talón de Aquiles era la tierra batida, pero estaba trabajando duro), me saludó en español por la ventanilla.

Dice hola, amigo.

Digo hola.

Dice ¿hispánico?

Digo español.

Entonces cambió al inglés:

Dice ¿qué estás tú haciendo aquí?

El cambio de idioma tenía connotaciones hostiles, como si dijera venga, vamos a hablar en serio.

Digo he venido a visitar a my friend, pero está en una reunión.

Dice ¿esas flores son para él o ella?

Digo sí, ellas son.

Dice ¿es hoy su cumpleaños de él o ella?

Digo no, ello no es.

Dice ¿entonces?

Digo se ha portado muy bien conmigo y quiero agradecérselo.

Los policías se miraron y volvieron a cambiar al español:

Dice ¿dónde está tu carro, amigo?

Digo yo no he venido en carro.

En español debían de saber sólo fórmulas de diccionario, porque otra vez pasaron al inglés.

Dice ¿has venido caminando en la noche?

Digo he venido por tren. Vivo en Nueva York.

Los policías volvieron a intercambiar miradas, como si ese dato me hiciera sospechoso definitivamente.

Dice hemos recibido una llamada. Al vecindario no le gusta que estés aquí merodeando. Se siente amenazado. El ramo de flores le disturba. Es mejor que te vayas. Deja el ramo en la puerta. Cuando él o ella llegue lo encontrará.

Pensé dejarme de tonterías y marcharme. Yo era un extranjero y lo más prudente era retirarse. Pero no lo hice. Había una injusticia intolerable en aquella situación con los policías instándome a que me fuera de un lugar público, y no me dio la gana.

Digo preferiría darle el ramo de flores en persona, si no le importa, oficial.

Dice el vecindario está inquieto. No se siente a salvo contigo merodeando por aquí. Deja el ramo en la puerta y nosotros te llevaremos a la estación. Este barrio no es seguro en la noche, ¿okay?

Digo no, no está okay, oficial. Soy un ciudadano europeo. Esto es un país libre y yo tengo mis derechos. Esperar a una persona en la calle para entregarle un ramo de flores en agradecimiento a su trabajo está bajo la ley.

Esto lo dije bien alto, para que lo oyera el guardia aficionado a la pesca submarina, que seguro que estaba mirando y prestando atención para contárselo luego a Makenzie. Esta vez los policías no respondieron. Pusieron el coche en marcha y cuando ya parecía que se alejaban giraron ciento ochenta grados. Los neumáticos chillaron como en las películas, y cuando el coche se detuvo frente a mí, los agentes salieron armados con subfusiles y se parapetaron tras él. El padre de la estrella del tenis se dirigió a mí por altavoz:

Dice deja el ramo de flores sobre el suelo. Túmbate boca abajo con los brazos en cruz. Muy despacio.

Intenté razonar, pero el padre del tenista repitió la fórmula en un tono aún más amenazante. Solicita-

131

ba mi cooperación: que dejara el ramo de flores y que me tumbara.

Obedecí de mala gana. Me fastidiaba además que Makenzie pudiera estar viendo todo eso desde una ventana fabricada con hépsilon. Entonces, el policía recién divorciado se me acercó con cautela, retiró el ramo con la punta del pie, me pisó la cabeza, me esposó las manos a la espalda y me levantó tirándome del pelo. Me cacheó sin miramientos y me requisó todo lo que llevaba en los bolsillos, mientras recitaba el consabido Miranda Warning:

—Tú tienes el derecho a permanecer silencioso. Cualquier cosa que tú digas puede y será usada contra ti en una corte de la ley. Tú tienes el derecho a un abogado. Si tú no puedes costearte un abogado, uno será designado para ti. ¿Tú has entendido estos derechos tal y como te han sido leídos?

Digo sí, yo los he.

De un empujón me metió en el coche patrulla, y me llevaron a comisaría.

Una vez allí, los agentes fueron correctos, pero dilataron al máximo los trámites administrativos. Iban a acusarme de resistencia a la autoridad y también iban a demorar al máximo mi comparecencia ante el juez, no iban a permitirme llamar a nadie hasta la medianoche, y por un despiste se iban a olvidar de registrar la incidencia, de manera que cuando mi familia se pusiera en contacto con la central de policía para denunciar mi desaparición, mi nombre no figurara en la base de datos, y se prolongara así el sufrimiento familiar. Eso dijo, prolongar el sufrimiento familiar.

Ni siquiera me presentaron al juez, no había caso, lo sabían perfectamente, se trataba de darme una lección, de asustarme. Así que unos minutos antes de la medianoche me comunicaron que quedaba en libertad sin cargos. Me entregaron mis cosas, incluido el ramo de flores, que ya estaba un poco mustio, y me llevaron a la estación de tren sin que mi presencia en la comisaría quedara registrada para que no pudiera demandarlos.

Indignadísimo, tomé el tren de las 12:01. Me senté al lado de un hombre que acababa de cenar con su mejor amigo. Todos los meses desde hacía veintiún años (sin contar 1979, que tuvo a su anciana madre en casa) cenaban en un restaurante coreano de Teaneck, se tomaban una copa y se ponían al corriente de sus vidas. Aquel día se les había hecho un poco tarde porque su amigo se había empeñado en que subiera a su apartamento para que viera el nuevo saxo que se había comprado. De no haber sido por eso, no habríamos coincidido y yo no le habría visto toser. Bueno, al principio pensé que eran toses, pero en realidad lo que ocurría es que alguien le había reventado la cabeza de un disparo. Como estaba de perfil, no lo vi bien, y lo que yo había tomado por toses eran espasmos. En la cola del vagón un hombre armado con un fusil apuntaba hacia otro asiento y disparaba. Otra cabeza hecha trizas. Y luego otra, y otra. Lo cuento así, pero ocurrió en un abrir y cerrar de ojos. Me tiré al suelo, que ya estaba encharcado de sangre, y me protegí como pude.

De la cabecera del tren provenían voces y algún disparo. Me asomé con cautela, pero no vi nada. En la cola, el hombre que había disparado contra las cabezas seguía vigilando. Alguien, una voz de timbre hostil, nos empezó a hablar por megafonía. Que nos incorporáramos, que nos sentáramos y que no perdiéramos la calma. Tenía un inglés con acento británico. Los secuestradores se habían colocado en la cabecera, en el vagón intermedio y en la cola. Cada uno de ellos mantenía arrodillado a un pasajero elegido al azar. Le sujetaban la cabeza con una mano y con la otra sostenían un fusil.

Dice el de la megafonía señoras y señores, a continuación vamos a hacerles una demostración de los procedimientos de seguridad. Les rogamos que presten atención. Pasaremos por sus asientos recogiendo su dinero en efectivo, sus tarjetas de crédito, en las que cada uno de ustedes habrá anotado la clave para efectuar operaciones, y todos sus objetos personales, especialmente los de valor, así como los aparatos electrónicos. Si alguno de ustedes es sorprendido tratando de ocultar algún ítem, será ejecutado tal y como verán a continuación.

Y con una sincronización que sólo podía ser producto de muchas horas de ensayo, los tres secuestradores dispararon sus respectivas armas contra las cabezas de los viajeros arrodillados. Horrible. Luego fueron pasando de asiento en asiento y la gente iba entregando carteras, dispositivos electrónicos, joyas, dinero y tarjetas de crédito. Si una viajera los atraía, la manoseaban con grosería o se la llevaban a otro vagón. Si algún marido, algún padre, algún novio se incomodaba o decía algo, lo machacaban a hostias.

El resto del viaje se hizo interminable. Había personas que querían ir al baño, y levantaban la mano. Los piratas lo permitían o no aleatoriamente, entre risas. Si no accedían, la persona se orinaba encima o defecaba en el asiento; y entonces los secuestradores la obligaban a limpiarlo todo. Quienes podían entrar en el baño debían mantener la puerta abierta. Los piratas filmaban sus movimientos y luego conectaban la cámara al circuito cerrado de televisión, para que todo el mundo viera cómo hacían pis o caca.

Media hora antes de llegar a Stony Brook la estrategia cambió. El que hasta ese momento había hablado por megafonía nos comunicó que habían mantenido un debate interno, y que habían decidido devolvernos las pertenencias y pedirnos disculpas por su intolerable comportamiento. Los piratas fueron pasando una bandeja con objetos personales. Muchos pasajeros aprovecharon para quedarse con dinero o artículos que no eran suyos, lo que motivó la protesta de sus legítimos dueños. Fueron los propios secuestradores quienes tuvieron que poner orden y dictar justicia.

Justo antes de llegar a Stony Brook, los piratas nos dijeron lo que iba a pasar: el tren se colocaría en un andén especial, para evitar que los periodistas tomaran imágenes, y una unidad de élite del ejército de los Estados Unidos reventaría una de las puertas y entraría sin miramientos en el tren. Si no tomábamos precauciones, moriríamos en la operación. Nos dieron instrucciones de seguridad; que nos tumbáramos en el suelo, que cerráramos los ojos y nos pusiéramos pañuelos húmedos en la boca para protegernos de los gases lacrimógenos, de modo que cuando entraran los soldados y barrieran el tren con las ametralladoras no cayera ningún pasajero.

Y sucedió exactamente así. Nos tiramos al suelo, se oyeron varias detonaciones, y luego todo fueron gritos, ráfagas y humo. Nos sacaron a empujones del tren en medio de la oscuridad y cuando estuvieron seguros de que no íbamos armados y de que no éramos secuestradores, sino pasajeros, nos dieron una botella de agua y nos mandaron a casa.

Lo primero que hice al llegar a mi sótano fue encender el televisor. Para mi sorpresa el suceso no apareció en ningún informativo de ninguna cadena. Pensé que no habían tenido tiempo de editar, aunque me sorprendió que no dieran un flash de urgencia sin imágenes. Pensé que quizás dijeran algo a la mañana siguiente y a la mañana siguiente volví a poner la tele. Pero nadie, en ninguna cadena, dijo nada de un tren, ni de unos muertos, ni de una intervención del ejército. Nada, ni una palabra. Bajé al pueblo y compré el *New York Times* y los dos periódicos locales. Los leí de cabo a rabo, palabra por palabra, pero no encontré ni rastro del secuestro. Nada, ni un breve. Como si aquello no hubiera sucedido nunca en otro lugar que no fuera mi cabeza. Y eso fue lo que empecé a pensar: que aquello sólo había sucedido en mi imaginación.

Aquello. Ese era el verdadero problema. ¿Qué era *aquello*? ¿*Aquello* era sólo el asalto al tren o también era lo de la Fundación Projecto y todo lo demás? ¿Había ido yo realmente a Teaneck? ¿Había tomado TMS? ¿Había tenido alucinaciones? ¿Había intentado hablar con Makenzie? ¿Me habían detenido? Y lo más inquietante de todo: lo que en ese momento estaba sucediendo, la lectura minuciosa de periódicos y estas preguntas que me estaba haciendo a mí mismo, ¿lo estaba imaginando o realmente sucedía?

A Makenzie lo pillé una semana después en una conferencia que dio en la universidad. Para mi sorpresa, fue él quien me reconoció y quien se acercó a mí. Me tendió la mano, muy amable, como si no pasara nada.

Digo estoy teniendo problemas, Makenzie.

Dice ¿qué clase de problemas?

Digo hombre, aquí, rodeados de gente, no puedo hablar. Pero son problemas serios, efectos secundarios derivados de la TMS. Estoy hecho polvo.

Dice firmaste un documento donde asumías los riesgos, no puedes demandarnos.

Digo no quiero demandaros. ¿Es por eso por lo

que has estado huyendo, porque pensabas que quería demandarte? ¿Es por eso por lo que no me has devuelto ninguna llamada?

Dice ¿qué llamadas?

Digo es igual. No quiero demandaros.

Dice entonces qué quieres.

Digo quiero que me expliques qué me está pasando. Y se lo conté todo. Digo incluso las visitas a la Fundación para buscarte han sido alucinaciones. Estaba convencido de que no querías verme, de que había una conspiración de silencio para ocultar las monstruosidades de la Gran Farmacia. Me inventé una trama donde los grandes laboratorios experimentan sin escrúpulos con las cobayas humanas sin importarles los efectos secundarios, obsesionados sólo con ganar dinero.

Dice ese es un tema estupendo, Antonio, aprovéchalo.

Digo aprovecharlo para qué.

Dice aprovecharlo para escribir. Dice ¿no te das cuenta? La TMS ha despertado tu imaginación. Una imaginación desbordante en el sentido literal de la palabra. Y la imaginación, según tengo entendido, es la principal herramienta de un escritor.

Digo pero yo no soy escritor.

Dice ah, ¿no? En tu dossier decía que estudiabas literatura.

Digo sí, estudio literatura, pero no soy escritor.

Dice excúsame, no entiendo la diferencia.

Digo yo no hago literatura. Yo la estudio igual que tú no haces cerebros, sino que los estudias.

Dice entonces tendrás que esperar un poco porque la implantación de módulos de conocimiento en el cerebro es el siguiente objetivo de la Fundación, pero aún nos quedan unos años. Prometo llamarte cuando estemos cerca, por si todavía quieres ser nuestra cobaya. Queremos conseguir que no sea necesario leer para haber leído. ¿Te imaginas? Qué tonterías pregunto, claro que lo imaginas.

Y se echó a reír.

Digo no es que imagine. Es que a veces no sé qué sucede en mi imaginación y qué sucede en la realidad. Mira lo que ha pasado con mis visitas a la Fundación. Pensaba que eras un cabrón y resulta que nunca las hice. Y lo que me pasó con la policía. Y el secuestro del tren. Y la capacidad de ver la vida de la gente. Nunca sabré si lo que me viene a la mente es verdad o si todo es cosa mía. No se puede vivir así.

Dice claro que se puede. Ya verás como acabas acostumbrándote. Estoy seguro de que los verdaderos escritores han vivido y viven siempre así, con la permanente incertidumbre de no saber si lo que perciben lo ha notado todo el mundo o solo sus privilegiados sistemas nerviosos.

Digo Makenzie, ¿te das cuenta de lo que me está pasando? No sé si lo que veo forma parte de la realidad.

Dice la «realidad» es una palabra que habría que escribir siempre entre comillas. ¿Sabes quién decía eso?

Digo no.

Dice Humbert Humbert, el de *Lolita*.

Digo la imaginación me hace sufrir, Makenzie.

Dice sufrir, sufrir. El sufrimiento no invalida ni engrandece nada. Es una simple consecuencia exaptativa de la evolución.

Digo ¿cómo dices?

Dice una consecuencia exaptativa. ¿No sabes qué es *exaptativa*?

Digo no.

Dice hace muchos millones de años, cuando el ser humano vivía en la sabana, sus genes hicieron crecer el cerebro para que pudiera sobrevivir en ella. Gracias a ese aumento de tamaño, existe la ciudad de Nueva York, existe esta universidad, y existimos tú y yo, y podemos tomarnos una cerveza charlando amistosamente. Pero ese aumento de tamaño trajo consigo también una consecuencia exaptativa no deseada, no prevista: apareció nuestra conciencia de ser individuos irrepetibles; apareció la certeza de nuestra propia muerte; apareció el sufrimiento intelectual. Pero ¿qué supone un poco de sufrimiento comparado con la hazaña evolutiva de haber llegado hasta aquí? Con esa imaginación harás arte, Antonio. Tu sufrimiento es una minucia comparada con ese don.

Digo mira, que le den por el culo al arte, Makenzie. Yo quiero ser normal, o incluso estar un punto por debajo de la normalidad, no quiero *ver* más que nadie, ni *saber* más que nadie, ni imaginar más que nadie. No quiero tener un sistema nervioso privilegiado. No quiero sufrir ni ser genial. Yo quiero ser profesor de literatura, un simple profesor de literatura. Hacer mi doctorado y conseguir un puesto de trabajo. Y si para eso tiene que desaparecer la literatura, que desaparezca.

Pero la literatura no desapareció y la obligación de estudiarla tampoco. Eso no cambió. Sí cambiaron mis trabajos, los ensayos que tenía que presentar en mis cursos de doctorado, mis papers. En cierto modo se enriquecieron, aunque nadie lo vio así. Seguían teniendo las virtudes de un buen trabajo de investigación: se ocupaban de una bibliografía primaria poco conocida o abordaban un aspecto de esa bibliografía que se había trabajado poco. Tenían un enfoque original, una base teórica sólida y una exhaustiva bibliografía secundaria. Todo eso lo tenían. Pero tenían también otras cosas. Tenían por ejemplo anécdotas que nunca habían sucedido, pero perfectamente posibles y que además explicaban mejor que una disertación teórica lo que yo quería decir. Incluían autores que no existían, pero que a mi juicio deberían de haber existido para entender mejor la importancia que en su tiempo tuvieron los autores reales, por llamarlos así.

A partir de la TMS mis papers citaban obras que nadie había escrito y que yo aprovechaba para escribir. No de principio a fin, por supuesto; las escribía parcialmente, escribía los pasajes que necesitaba, los que apoyaban mi punto de vista o los que yo quería rebatir. Mi bibliografía tampoco se limitaba a las obras tradicionales, las que todos podemos encontrar en librerías y bibliotecas, las obras que todo el mundo puede leer en el sentido más miope del término. No. Mis papers incluían también libros que pudieron haberse escrito, que debieron haberse escrito y que quizás se escribieron, aunque nadie tenga constancia de su publicación.

Y todo esto no lo incluía yo en mis trabajos de doctorado con un propósito fraudulento, sino integrador. Yo nunca quise engañar a nadie. Mientras escribía, nunca tuve la sensación de estar haciendo nada prohibido. Para mí no había diferencia entre el *Quijote* de Cervantes, *El buscapié*, de Adolfo de Castro y *El sabio Salamanquesa*, de Pablo Mora-Rey. No había diferencia porque yo nunca quise dar gato por liebre, sino expresar mis puntos de vista con honradez, sin atribuirme ideas que no eran mías. Para mí la única diferencia entre el *Quijote* y *El sabio Salamanquesa* era que el primero podía encontrarse en una biblioteca o comprarse en una librería y el segundo no. Una diferencia tan insignificante como el tamaño de los libros o su número de páginas. ¿Acaso un libro de 500 páginas es más verdadero que otro de 75? Los dos, el *Quijote* y *El sabio Salamanquesa*, son al fin y al cabo obras de ficción.

Pero, insisto: no me movía, ni entonces ni ahora, ningún afán subversivo o destructor; no eran razones ideológicas o estéticas las que me impedían distinguir entre libros verdaderos y libros falsos o entre autores reales y autores imaginarios o entre citas fidedignas y citas inventadas o entre sucesos históricos y acontecimientos recreados. No. Yo no quería confundir a nadie; simplemente manejaba una idea muy poco restrictiva de esa cosa tan rara que llamamos «realidad». La TMS –y eso lo fui comprendiendo a medida que pasó el tiempo– liberó mi mente. La liberó como se libera un teléfono móvil para que funcione con cualquier operador.

Pero en los departamentos de literatura no se veía con buenos ojos que alguien enriqueciese la realidad con la imaginación. Eso estaba muy bien para los escritores, pero en los departamentos universitarios –al menos en el que yo estudiaba– esa práctica no se toleraba. Mis profesores pensaron que les estaba tomando el pelo, que era un farsante. Bueno, no todos pensaron eso. Los profesores más jóvenes y más sensibles a lo posmoderno digamos, los mismos que habían escrito ensayos sobre la autoficción o que estudiaban la mezcla de realidad e imaginación en la narrativa contemporánea fueron los más intransigentes conmigo. Esos fueron los que exigieron mi expulsión inmediata y mi humillación pública. Yo no podía continuar disfrutando de una beca. Yo no podía hacer carrera en Estados Unidos. Yo no era un scholar fiable. Ellos, los que sí lo eran, se habían sentido estafados por mí. Me había burlado de ellos, decían, de mis compañeros, del departamento, de la universidad y hasta de la disciplina. No me perdonaban haber creído mis citas falsas, haber buscado mi bibliografía fraudulenta, haber rebatido las palabras de críticos fantasma y haber dado crédito a eruditos inventados.

Los seniors, en cambio, los profesores más veteranos, los que se habían formado en la vieja escuela, fueron más indulgentes. Especialmente Elias Rivers. Gracias a ellos el departamento no se cebó conmigo y me permitió disfrazar de renuncia lo que era una expulsión en toda regla. El caso es que muy poco tiempo después de haber llegado a Estados Unidos, tuve que regresar a España.

La vuelta fue dura. Durante meses viví como un drama esta hipertrofia de mi imaginación y sobre todo ese no saber si lo que yo veía y lo que sabía de las personas era una información compartida con otros seres humanos o un producto de mi creatividad desatada. ¿Vivía en el mismo mundo que mis semejantes o me había instalado en una realidad paralela?

Aunque esto me atormentó durante algún tiempo, al final comprendí que obsesionarse con distinguir nítidamente entre realidad e imaginación era un error operativo y conceptual que además conducía a la neurosis. Entendí que era más razonable –y también más exacto– considerar que la imaginación es un sexto sentido, tan fidedigno o engañoso como los demás. Al fin y al cabo, la vista también nos juega a veces malas pasadas. Hasta la razón nos resulta en ocasiones poco fiable, sin que por ello desconfiemos por principio de nuestros análisis o nos arrepintamos de tener circunvoluciones cerebrales. Cada vez me preguntaba menos si lo que veía cuando miraba una situación o me fijaba en un individuo, si todo lo que sabía de esa manera tan natural era verdad o mentira. Aprendí también a controlar los flujos de información y a cerrar la llave de paso cuando el torrente de datos crecía demasiado y amenazaba con arrastrarme. Y dejé de torturarme. Bien utilizados, los datos imaginarios podían ser tan útiles como los que me suministraba el resto de mis sentidos o mi propia razón. Empecé a disfrutar de lo que imaginaba y a descubrir sus ventajas.

Y terminé por darle la razón a Makenzie: yo no era la desgraciada víctima de ninguna tragedia, sino el afortunado beneficiario de un don, al que además podía sacar un alto rendimiento económico.

Cuando publiqué mi primera novela, *Fabulosas narraciones por historias*, escrita en buena parte con los papers que habían provocado mi expulsión de Estados Unidos, le mandé un ejemplar a Desmoines. No lo había llamado a mi vuelta porque no me sentía orgulloso de lo que había sucedido ni me apetecía dar explicaciones. Con la publicación sin embargo se fortaleció mi autoestima y entonces sí me sentí con ánimos para escribirle una larga y cariñosa dedicatoria, a la que nunca contestó. Volví a hacer lo mismo con *Ventajas de viajar en tren* y con *Reconstrucción*, pero nunca recibí respuesta.

3

La felicidad
del hombre descansado

No era un problema de memoria. A Cifuentes le constaba que Desmoines estaba bien de salud. Todo lo bien que se puede estar de salud a los noventa y cuatro años. No, en su caso la edad no era un problema. Ni siquiera iba en silla de ruedas. Y estaba perfectamente lúcido. Cifuentes lo había visitado muchas veces. Seguía leyendo y escribiendo y hasta podía dar una clase. Si no había acusado los envíos de mis novelas era porque en el fondo las despreciaba. Eso de borrar las fronteras genéricas entre la literatura y los estudios literarios, aquellas ideas con las que nos había seducido en nuestra época universitaria eran pura palabrería, ideas de lata. En realidad Desmoines era muy conservador y consideraba que la creación literaria era un mal necesario e inevitable, si queríamos que existiese el estudio, la exégesis y la interpretación de los textos, actividades que a él le parecían más nobles y enriquecedoras que la escritura de ficción. Para Desmoines, un estudiante de doctorado como yo, que abandonaba la filología y se dedicaba a la literatura, era un fracasado, alguien débil que se había echado a perder. Cifuentes no negaba que Desmoines nos hu-

149

biera ayudado. Cómo iba a negarlo. Le debíamos la vida. Y él, Cifuentes, por partida doble. Sin Desmoines nos hubiéramos muerto de asco en España y él se hubiera hundido definitivamente en Missouri. Pero eso no quitaba que Desmoines, nuestro padrino, fuera un falso y un cabrón.

Cifuentes había ido atando cabos. Al poco de llegar a España se enteró de que algunas cosas no eran como él las había imaginado. La vacante que ocupaba, por ejemplo, no había sido creada ex professo para él; se había producido a causa de un suicidio. Sí, a causa de un suicidio. Qué raro, ¿verdad? A él también le extrañó que Virgilio no le hubiera dicho nada y que tampoco lo hubiese mencionado nunca Paco Almendra, el director del departamento. Nada, ni un comentario, ni una referencia a un hecho tan extraordinario. Cifuentes se enteró por casualidad. En clase un alumno hizo un chiste que él no entendió. Preguntó, pero le contestaron con evasivas. Las imprecisiones lo intrigaron, indagó y finalmente se enteró de la verdad: que la plaza que él ocupaba había pertenecido a un tal Florencio Castillejo, que se había colgado en el aula magna. Cuando Cifuentes le preguntó por él, Virgilio le contestó irritado:

–No te he contado nada porque no hay nada que contar. Castillejo era un ingente montón de mierda. Me alegro de que terminara como terminó. Sí, me alegro de que se suicidara, no me mires así. La vida humana está sobrestimada, Cifuentes. Sobre todo la vida de ciertos individuos. Sacralizarla puede resultar útil en un momento histórico determinado, pero no deja de ser un acuerdo social sin base biológica. De hecho, el mundo sería un lugar más justo si ciertos individuos desaparecieran. Así que si un indeseable como Castillejo decide quitarse de en medio, los demás deberíamos aplaudir, alentar y en su caso facilitar lo que quizás sea el único acto provechoso de su vida. Florencio Castillejo era un mal tipo, y te aseguro que en la universidad nadie ha lamentado su muerte.

Esa era grosso modo la postura oficial.

De los detalles oficiosos Cifuentes se fue enterando más tarde gracias a Mariona, la secretaria del departamento, la única persona que se llevaba bien con el misterioso Castillejo. Ella fue la que le contó las cuatro cosas que se sabían de su persona: que también había venido de Estados Unidos, de Dartmouth College, en Hanover, New Hampshire; que no estaba casado, que nunca lo había estado, y que no tenía hijos ni familia directa. Pero lo más asombroso de todo era que Florencio Castillejo tenía sesenta y dos años cuando decidió venirse a Madrid. A esa edad, con una carrera ya hecha, cuando sólo se piensa en la jubilación, este hombre, un Full Professor de setenta mil dólares al año, había decidido venirse a España por un sueldo que no llegaba ni a la mitad. Curioso, ¿no? ¿Qué pretendía? ¿Qué había en la universidad que despertara tanto su interés? Nadie lo supo nunca a ciencia cierta. En principio no había nada. Su comportamiento los primeros tres años fue absolutamente normal. Asistía con puntualidad a todas las reuniones, cumplía los encargos con la minuciosidad de los novatos y participaba en todas las comisiones. Sin embargo, en el departamento nunca lo trataron ni con naturalidad ni con simpatía. Siempre desconfiaron de él. Siempre esperaron que *hiciera algo*, que demostrara de una vez por todas que eran ciertos los prejuicios que la gente se había formado sobre él.

Y al final lo hizo, *hizo algo*.

Empezó a decir, primero con insinuaciones y después con todas las palabras, que Augusto Desmoines era un farsante, que el verdadero fundador de la universidad no había sido él, como estaba escrito en la Historia, sino su padre, el padre de Castillejo, un tal Claudio Castillejo, del que nadie había oído hablar jamás. Pero él insistía: Augusto Desmoines había sido un mero ayudante de Claudio Castillejo, la mano derecha de su padre hasta que Desmoines lo traicionó. Era la misma historia que Desmoines contaba de Toledano, pero con los papeles cambiados y sin Toledano. Toledano no existía en el relato de Castillejo.

Empezó a contar estas cosas en clase, a los alumnos; y luego pasó a comentarlas por los pasillos, a Mariona, a los estudiantes de doctorado y a los escasos colegas de otros departamentos con los que hablaba. En las conferencias que daba, en las presentaciones de libros, en todos los actos públicos en los que participaba siempre encontraba la ocasión para declarar que Augusto Desmoines había falsificado la Historia y construido un pasado fabuloso que no tenía ningún punto en común con la verdad. Según su versión, fue

Desmoines quien ordenó el fusilamiento de su padre; y fue su padre quien se tuvo que ocultar durante quince meses en un aljibe. La historia era muy sabrosa y acabó llegando a la prensa y a la televisión. Le hicieron entrevistas.

Dice usted que Augusto Desmoines ordenó fusilar a su padre, Claudio Castillejo, para poder acostarse con su madre, de la que estaba enamorado.

Yo entonces era muy niño, no puedo saber los motivos por los que Desmoines mandó fusilar a mi padre. Seguramente fueron varios, entre ellos ese que usted menciona.

¿Qué recuerda de aquellos días?

La sensación de que el timbre de casa podía sonar en cualquier momento, por la tarde, a primera hora de la noche, cuando estaba recién acostado o ya de madrugada cuando mi madre se había cansado de esperar despierta y se había metido en la cama. Mi madre tenía que levantarse apresuradamente, me cerraba la puerta y Desmoines pasaba a la salita. La casa no era muy grande, pero estaba atravesada por un pasillo lo suficientemente largo como para que resultara difícil oír desde mi cuarto las conversaciones en el otro extremo de la casa. Hasta mi cuarto sólo llegaba un rumor de voces y en ocasiones risas ahogadas.

Dice usted que era muy niño y que no podía oír las conversaciones, ¿cómo sabe que era Augusto Desmoines?

Lo conocía muy bien. Todavía hoy podría reconocerlo por sus pasos o por el timbre de su voz.

¿Su madre le comentó algo alguna vez?

No, nunca. Ni siquiera cuando a la mañana siguiente yo encontraba las bebidas o los ceniceros sin vaciar. A mi madre le desasosegaba que yo encontrara los restos de la fiesta, así que cuando encontraba un vaso de whisky o un cenicero con colillas, yo mismo lo vaciaba en la basura o lo lavaba en el fregadero. Aunque yo todavía no encontraba nada vergonzante en aquellas visitas, mi instinto me obligaba a mantenerlas en secreto. Había algo perturbador en aquellos timbrazos a deshora, en aquel levantarse apresurado de mi madre, en aquellos pasos no siempre cuidadosos hasta la salita, en aquellos cuchicheos y en el rítmico chirrido que invariablemente anunciaba el fin de la visita. Nadie tuvo que advertirme de lo inconveniente que hubiera resultado comentar estas visitas con mis compañeros.

¿Cuándo fue consciente de lo que estaba sucediendo?

Poco a poco fui atando cabos, oyendo retazos de conversaciones que se interrumpían a mi paso y comprendiendo. Entonces empecé a taparme los oídos con la cera de las velas. Pero algunas veces el timbre sonaba por la tarde, y mamá me pedía que me retirara a mi cuarto. Sentía la lanzada de la humillación, que me iba envenenando de odio.

¿Ha visto a Augusto Desmoines desde que llegó a España?

A Augusto no lo he visto; está ya jubilado y viene poco por aquí. Tampoco quiero verlo. No lo he perdonado. No creo que lo perdone nunca.

¿No le parece que ha pasado demasiado tiempo para mantener tan vivo ese odio?

¿Mucho tiempo? No han pasado ni cien años. Ni siquiera se han muerto todas las personas que vivieron la guerra. Además en España no ha habido reconciliación entre los dos bandos. Ni la habrá. Lo que ha habido es un cese temporal de hostilidades, pero no una reconciliación. La guerra civil de 1936 es un enfrentamiento más entre esas dos castas que se crearon en la Edad Media y que han recibido diferentes nombres a lo largo de la historia. Aquella guerra no fue el único choque ni será el último. Yo he venido a limpiar la honra de mis padres, que Desmoines ultrajó.

Augusto Desmoines interpuso una querella por esta entrevista y la ganó. Florencio Castillejo no pudo demostrar ninguna de sus afirmaciones. Ni siquiera pudo demostrar la existencia de alguien llamado Claudio Castillejo. El juez no dio validez a ninguna de sus pruebas ni crédito a ninguno de sus testigos. Fue una humillación en toda regla.

Castillejo contraatacó. Abrió un blog y empezó a denunciar irregularidades en la gestión de la universidad: contrataciones fraudulentas del profesorado, adjudicación de becas a dedo o arbitrariedades en la calificación de alumnos. Apuntaba hacia Virgilio, hacia el hijo. Denunció corruptelas increíbles. Más que increíbles, inverosímiles, cosas que sólo pueden suceder en la universidad española y que sólo pueden creer quienes hayan pasado por ella. Algunas salieron en la prensa de puro disparatadas, como una norma que permitía obtener el título sin haber aprobado todas las asignaturas, una decisión de Virgilio para favorecer a una alumna.

8 / ANDALUCÍA   EL PAÍS, martes 9 de diciembre de 2000

AULAS

Una norma permite licenciarse sin aprobar la última asignatura

Profesores de la Universidad recurren el 'regalo'

FRANCISCO TERRA

Los estudiantes de la Universidad de Cádiz pueden "compensar" una asignatura suspensa y licenciarse sin haberla aprobado, siempre que se hayan esforzado y realizado los exámenes. La Junta de Gobierno aprobó en 1997 una norma que permite a los alumnos titularse con sólo el 94% de la carga lectiva aprobada. Ya ha sido implantada, no sin polémica, en "la gran mayoría de facultades" y un grupo de profesores ha recurrido su aplicación en algunas.

"La Universidad de Cádiz no regala títulos ni rebaja la carga docente de sus titulaciones", aclaró ayer el nuevo vicerrector de Ordenación Académica y Alumnado. "Estoy seguro de que esta norma no supone un deshonor para nuestra institución porque no es una medida de aplicación inmediata, sino sólo para casos excepcionales que cumplan unos determinados requisitos".

Sin embargo, el propio vicerrector y otros profesores admiten que la interpretación de la norma puede dar lugar a pleitesía por parte de alumnos que deben olvidarse de la asignatura más compleja de la carrera con la pretensión de que le sea "compensada" y no le "asegura no obstante, que "si por culpa de alumnos que se han beneficiado de esta norma no se aho".

La Junta de Gobierno de la Universidad de Cádiz aprobó el 9 de junio de 1997 la Normativa de la planificación docente y de la organización de exámenes. En su artículo 18, titulado *Reconocimiento o compensación de crédi* tenga superada el 94% de la carga lectiva global de un título o de la titulación, podrá someter a reconocimiento o compensación los restantes créditos [6%] del crédito o del total de la titulación, siempre que las materias hayan sido cursadas". En la práctica, señaló, "con 1 este 6% suele equivaler a una sola asignatura.

La normativa deja la aplicación de este artículo en manos de cada facultad y los requisitos que deben reunir los alumnos para optar al "reconocimiento" en manos de una Comisión de Compensación nombrada por cada centro entre sus profesores.

Convocatorias agotadas

El propósito con que la Universidad aprobó esta medida, explica, es el de facilitar la conclusión de sus estudios a alumnos "que dejaron sin acabar la carrera hace años, que tienen algún problema con un departamento o que han agotado las convocatorias de examen". El vicerrector reconoce, no obstante, que la norma aprobada no es tan restrictiva.

de Cataluña. Y que otras universidades del país viven situaciones "con medidas de gracia del rector".

En círculos universitarios se considera, además, que la medida discrimina positivamente a sus beneficiarios en contra de los estudiantes que superan el 100% de su carga lectiva.

La norma ha sido implantada

dimas, interpretando el artículo "de forma más o menos restrictiva". En casi todos "se han reforzado con medidas de gracia del rector".

"Los alumnos han estado siempre encasillados con el artículo y los profesores no tanto".

El descontento de los docentes se ha visto reflejado en un recurso remitido al Rectorado por unos 25 profesores de Derecho en contra de la implantación

Opinan, además, que es una clara vulneración de la legalidad: "Mientras no se apruebe una asignatura no hay derecho el título y lo contrario supone una revisión o supresión de distintos estudios, cuestión que un los propios Estatutos de la Universidad deberá hacerse de acuerdo con lo previsto en la Ley de Reforma Universitaria y en otros Estatutos". Por tanto, señalan, la normativa aprobada por el rectorado como la Junta de Gobierno no puede por elemental principio de rango normativo "contra otras de rango más superior".

Pasillos de la Facultad de Derecho de Cádiz. / JUAN CARLOS TORO

Castillejo descubrió por ejemplo que un profesor de Matemáticas, vicerrector en el equipo de Virgilio, había abierto una academia donde preparaba precisamente para las asignaturas que él impartía. Sólo los que acudían a estas clases particulares aprobaban en la universidad. Castillejo denunció también a una profesora de su propio departamento, una tal Estefanía Cerbatanas, que vivía en Vigo, al cuidado de su hijo de veintiocho años, a quien tenía que hacerle la comida todos los días. La profesora Cerbatanas iba a clase una vez al mes, y eso era algo que todo el mundo aceptaba, incluidos los alumnos. Como se aceptaba a Paco Botas, que fue uno de los profesores más queridos de la universidad hasta que se descubrió que no era profesor. Pero no por eso dejó de ser querido. Paco Botas era un enfermo mental que había sido adscrito por error al Cuerpo de Profesores Titulares de Universidad. Durante dos o tres años había estado impartiendo clases de Literatura Medieval sin que nadie hubiese notado nada raro.

No pasó un solo día sin que Castillejo publicara la noticia de una pequeña irregularidad o la denuncia de una corruptela. Colgó un vídeo, filmado con cámara oculta, donde se veía dar clase a Virgilio, parapetado tras la mesa del profesor, y leyendo en voz alta unos papeles:

–Miguel de Cervantes Saavedra, entre paréntesis: mil quinientos cuarenta y siete, guión, mil seiscientos dieciséis, cierra paréntesis; nació en Alcalá de Henares, coma, ciudad universitaria cercana a Madrid, punto y seguido. Su fecundidad literaria, coma, su profundo don de observación, coma, su hondo concepto de la vida y la riqueza de sus descripciones hacen de su obra una joya de la literatura de todos los tiempos y de todos los pueblos, punto y seguido.

–¿Puede repetir?

–¿Desde dónde?

–Desde joya.

–Una joya de la literatura de todos los tiempos y de todos los pueblos, punto y seguido. ¿Está?

–Sí.

Y ahí el vídeo se cortaba.

Cifuentes me enseñó otro de los vídeos colgados por Castillejo, filmado en un paisaje desolador. Se veían hectáreas y hectáreas de tierra blanquecina y harinosa que el viento levantaba en remolinos polvorientos. Podían verse jirones de plástico adheridos por el viento a una valla metálica agitándose nerviosos, como pidiendo auxilio. Se agarraban a la alambrada como niños dementes encerrados en un manicomio. Hojas de periódico con noticias que fueron de última hora volaban dibujando espirales absurdas y caprichosas. La basura se amontonaba en bancales rebanados en las pendientes de lo que fue una montaña.

Sobre la barrera que impedía simbólicamente el paso al recinto alguien había tendido unos calzoncillos, un chándal del Real Madrid y un par de calcetines que ondeaban como los alegres banderines de una fiesta que ya hubiese terminado. Algo más allá, dentro del recinto del vertedero, las imágenes mostraban una antigua casa de labranza. Todavía se distinguía la era: una superficie plana que había servido para trillar y que ahora por lo visto se había revalorizado al convertirse en Estadio Santiago Bernabéu Imaginario.

Efectivamente, un hombre negro, alto, desgarbado y escurrido, corría de un lado para otro con el uniforme del Real Madrid, dando patadas a un bote, simulando regates e imitando con su propia voz el rugir de un público inexistente. Fuera de los límites del terreno de juego, otro hombre, también negro, pero vestido con un elegante terno gris marengo, atendía al partido con las manos a la espalda. Al advertir la presencia del recién llegado, le hacía una seña para que se acercara. El negro no se daba cuenta de que estaba siendo filmado. Debía de ser una cámara oculta.

–Muy temprano, amigo.

Y como si hubiera entre ellos un pacto tácito, el negro lo conducía a un extremo del cortijo en ruinas que parecía haber sido restaurado. Se trataba de un espacio minimalista, pero muy bien distribuido, perfectamente integrado en el vertedero municipal, con mucha luz y muy bien ventilado. La uralita transparente del techo había sido ingeniosamente aprovechada como sustituta del cristal en las ventanas, mitigando las corrientes de aire, ampliando visualmente los espacios y permitiendo juegos de luz. Se había optado por un mobiliario minimalista y funcional, acorde con el espacio. La sala de estar había quedado perfectamente integrada en la zona comedor-cocina y ambas formaban un único espacio con el dormitorio comunal, lo que permitía utilizar prácticamente todo el vertedero como cuarto de baño, terraza, tendedero, plaza de garaje, ático y trastero. El frío de la uralita contrastaba con un pavimento en cemento crudo, que acentuaba la distorsión cromática de un mobiliario que no por ser minimalista y funcional dejaba de ser audaz y policromático. Sobre el pavimento gris destacaba un colchón de muelles en tonos caprichosos de azul, que servía simultáneamente de cama, sofá, escritorio, mesa de comedor, encimera para cortar cebolla y, a juzgar por la enorme e irregular mancha que se dibujaba en el centro, de urinario y enjugador de flujos.

Tumbada sobre el colchón dormía una mujer joven. El autoenfoque nos permitía verla mejor. Era una niña. Frente al colchón, dialogando con su sobriedad estructural y con la neutralidad de su diseño, se había preferido una televisión de dimensiones descomunales, sobre la que se había colocado, con gran impacto visual a causa de la ruptura armónica, un campinggas que proporcionaba a la estancia una iluminación cálida, entre la insinuación y el secreto, cuando sobre ella se colocaba un bote de Titanlux a modo de perola para hacer la sopa.

El negro encendía el camping-gas, colocaba una lata vacía, que parecía haber sido de atún en escabeche, y en ella vertía el líquido oscuro de una vieja botella de gaseosa. Le preguntaba al recién llegado si le apetecía del café calentito y este decía que no. Le preguntaba si le apetecía de la ensalada de canutillos de bacalao o de la crema fina de congrio o del milhojas de merluza y maíz o de las carrilleras de rape encebolladas, pero al recién llegado no le apetecía nada.

El negro se encogía de hombros, le señalaba a la niña del colchón, y decía:

–Virgen.

Entonces el de la cámara oculta se identificaba como periodista. El negro se descomponía, y buscaba con la vista un lugar por donde escapar. El supuesto periodista le ofrecía un billete de cincuenta euros.

–Es para ti. No quiero a la chica.

El negro cogía el dinero.

–¿Cómo te llamas?

–Makeli.

–Makeli, no quiero hacerte daño, ni quiero detenerte, ni quiero denunciarte. No quiero nada de ti, aunque me parece que eres un hijo de puta, y me están dando ganas de denunciarte por tener a esa niña ahí. ¿Me entiendes? ¿Com-pren-des mi i-dio-ma, Makeli?

Makeli asentía.

–Quiero que me digas aquí, así, frente a mí, para quién trabajas. Quiero el nombre de un hombre blanco.

–No sé –decía Makeli.

El supuesto periodista le tendía otro billete. El negro hacía memoria y finalmente decía:

–Señor Almendra.

Y el vídeo se cortaba.

Vimos todavía un vídeo más, filmado en un despacho de la universidad que me resultó familiar.

–Estamos en el despacho de Francisco Almendra –decía la supuesta voz de Castillejo–, director del Departamento de Lenguas, Literaturas y Ciencias del Conocimiento. Cuando se entra en él nada indica que no sea lo que parece ser, un espacio de seis metros cuadrados equipado con un mobiliario discreto y funcional, chapado en caoba: un escritorio con mesa auxiliar, una silla más o menos ergonómica, un mueble estantería, algunos libros y un armario de dos puertas para almacenar exámenes y expedientes. Pero gracias a una sofisticada y carísima tramoya en la que el profesor Almendra ha invertido todo el presupuesto de su grupo de investigación, este modesto habitáculo de profesor se convierte en un cómodo estudio no muy amplio, pero bastante acogedor. Como pueden ver, ha sido insonorizado con planchas Soundless de 5 grados, que aunque se comen doce centímetros cuadrados de espacio, permiten hablar en voz alta sin esa permanente cautela que caracteriza las conversaciones en los departamentos universitarios españoles. La mesa de trabajo, ¿ven?, es una superficie plegable, que sirve de estructura a un futón hábilmente camuflado en el interior del escritorio. Ya está convertido en cama. La mesa auxiliar oculta un microondas ultraligero, miren, y una pequeña nevera especialmente diseñada para que su tamaño no reduzca su capacidad. Vamos a ver qué hay dentro. Yogures desnatados, tónicas, fruta, salsa de soja y supositorios espermicidas. En la estantería, camuflada tras los lomos de los falsos libros, hay una pequeña despensa donde se apilan latas de conserva. El mueble tiene un falso fondo, donde encontramos dos juegos de mudas, dos pijamas y un busto de Juan Benet, que en realidad es una botella de whisky a la que se le desenrosca, como ven, la cabeza. El profesor Almendra se ha montado con fondos públicos un auténtico picadero. El *apartamentito* lo llama él. Por este apartamentito han pasado y siguen pasando las estudiantes más ambiciosas de nuestro departamento.

Castillejo mantuvo actualizado su blog durante tres años. Todas las semanas colgaba un vídeo o publicaba una foto o escribía una entrada contra los Desmoines, contra el padre o contra el hijo, con la intención –suponía todo el mundo– de que Virgilio no fuera reelegido rector. Pero ganó las elecciones, las ganó de calle. La comunidad universitaria es implacable con las corruptelas siempre y cuando no pueda beneficiarse de ellas. Los profesores, los alumnos y el cuerpo administrativo lo votaron masivamente, y Virgilio Desmoines fue elegido rector por tercera vez consecutiva.

Lo primero que hizo Virgilio después de tomar posesión fue organizar un homenaje a su padre con la presencia de los reyes y del presidente del Gobierno. El día del acto, el 16 de septiembre por la mañana, Virgilio, Almendra, y otro vicerrector entraron en el aula magna para supervisarlo todo por última vez y allí se encontraron con el cuerpo de Castillejo colgando del techo, en medio del estrado.

Esta era la historia de Florencio Castillejo. A Cifuentes se la había contado Mariona mientras paseaban por la urbanización donde ella vivía, a las afueras de Madrid, cierto día que quedaron por un asunto que nada tenía que ver con esto. Me extrañó que Cifuentes paseara con la secretaria del departamento por una urbanización a las afueras de Madrid, pero no dije nada. En un momento de ese paseo la secretaria le señaló a Cifuentes la valla encalada de un chalet y le dijo que esa era la casa de Castillejo.

Al parecer tenía dos viviendas: una era la residencia oficial, un apartamento en el centro de Madrid que en realidad nunca pisaba, y la otra era ese chalet que nadie conocía salvo ella, y que era donde Castillejo hacía su vida diaria. Estaba tan seguro de que los Desmoines querían eliminarlo, que había tomado esa precaución y otras muchas: había cambiado de móvil y jamás pagaba con tarjeta. A mí me extrañó que la secretaria del departamento supiera todo eso, pensé que quizás la tal Mariona había tenido una aventura con Castillejo, pero no dije nada, porque empezaba a sospechar que ahora esa aventura la estaba teniendo con Cifuentes.

El chalet parecía abandonado: la valla estaba desportillada y la puerta había perdido el color original. Castillejo no tenía familia, y Mariona estaba segura de que la policía no se había molestado en echar un vistazo dentro tras la muerte de su propietario. Cifuentes advirtió que la puerta tenía un saliente donde podía apoyarse el pie para pasar por encima de la valla. No parecía difícil y era posible hacerlo con rapidez y discreción porque la calle estaba desierta. Miró a un lado, miró a otro, se apoyó en la moldura y saltó al interior. Cinco segundos después Mariona cayó a su lado agazapada. Los dos se miraron y se echaron a reír. Y estuvieron a punto de darse un beso.

Una rápida ojeada al exterior de la vivienda confirmó la primera impresión: la casa estaba deshabitada. La vegetación silvestre había invadido lo que debió de ser un jardín cuidado; las persianas estaban completamente bajadas y el correo, que el cartero había ido introduciendo por la trampilla correspondiente, se había acumulado en el suelo y se había convertido por efecto de la lluvia y el sol en un mazacote de cartón.

Bordearon con cautela el perímetro del chalet y comprobaron que tenía dos puertas, una principal y otra de acceso al patio trasero. Ambas, como las ventanas, estaban protegidas por rejas. Y todo cerrado a cal y canto.

Subieron a la cubierta por una escalera de caracol y descubrieron que en el centro de la planta se abría un tragaluz de metacrilato que no tenía reja. Por ahí se podía entrar. La claraboya estaba fijada con cuatro anclajes que no parecía difícil desatornillar. Pero necesitaban herramientas. Mariona propuso pasar por su casa, coger su destornillador eléctrico y regresar más tarde, cuando ya hubiera anochecido. Cifuentes estuvo de acuerdo en pasar por su casa y coger el destornillador, pero no le pareció buena idea regresar por la noche; necesitarían linternas, y eso los delataría. El allanamiento sería más discreto a la mañana siguiente muy temprano.

Y eso fue lo que hicieron; marcharse a casa y regresar con las primeras luces del alba. Ni Cifuentes dijo si habían pasado la noche juntos ni yo le pregunté. Volvieron con un buen destornillador eléctrico, que por fortuna Mariona manejaba con destreza, porque ya conocemos las habilidades técnicas de Cifuentes. Fue ella la que se encargó de manipular los anclajes y retirar el metacrilato. A continuación solo tuvieron que introducirse por la abertura, quedarse colgando a medio metro del suelo y dejarse caer.

La casa estaba en silencio y olía a cerrado, pero todo parecía limpio y estaba ordenado, sin rastro alguno de vida cotidiana, como si Castillejo hubiese querido dejarlo todo en perfecto estado de revista antes de desaparecer. Se encontraban en medio de un salón muy sobrio, amueblado con una mesa, sobre la que había un ordenador, cuatro sillas, unas estanterías con libros y carpetas, un sofá y una televisión. Ni una planta (que por otra parte hubieran encontrado ya muerta), ni un adorno, ni un solo cuadro, ni un afiche colgado en la pared. Todo tenía un aire espartano y provisional.

Mariona había estado antes en esa casa. Se le notaba por la desenvoltura con que se movía en su interior. Era una vivienda pequeña. Además del salón, había un dormitorio, un baño y una cocina. Mientras Mariona se disponía a destripar el ordenador, cosa que se le daba muy bien, Cifuentes echó un vistazo más detenido a la casa. La cocina estaba limpia y recogida. En los armarios había algunos cacharros, pocos, alguna sartén. Pero no había garbanzos, ni alubias, ni arroz, ni pasta. El único alimento que encontró en lo que parecía ser la despensa fue un bote de Nescafé. La nevera era minúscula y estaba casi vacía. Dos yogures naturales pasados de fecha, claro, y un bote de remolacha en conserva. El ser humano es insondable. Un tipo se va a suicidar y deja en la nevera dos envases con alimento perecedero y otro en conserva, pero abierto y a la mitad. El cubo de basura, otro de los lugares donde rastrear el alma humana, estaba vacío. El baño era muy pequeño, apenas había espacio suficiente para una ducha, un bidé, una taza y un lavabo. En una repisa cercana a la ducha, había gel y champú con nutrientes contra la caída del cabello. En el armario frente al lavabo encontró un cepillo de dientes, un tubo de pasta dentífrica, una loción after-shave y una máquina de afeitar eléctrica con pelillos blancos en su interior.

El dormitorio seguía las mismas pautas de sobriedad que el resto de la casa. Una cama monacal, no muy grande, cubierta con un edredón, y una mesilla de noche. La ropa del armario era más bien sosa y escasa. Un traje azul marino y otro gris marengo. Siete u ocho camisas blancas o celestes y corbatas que Cifuentes jamás se habría puesto, calzoncillos de algodón, calcetines y camisetas de tirantes.

Tampoco había cuadros allí, pero sí una lámina, una fotografía antigua enmarcada y colgada de la pared. En ella se veía a un cura señalado con una equis

en medio de un grupo de chicos de diferentes edades. Seguramente Florencio Castillejo era uno de aquellos niños. Cifuentes cogió la foto y se dirigió al salón.

Sentada frente al monitor, Mariona contemplaba otra fotografía antigua: una multitud de supuestos estudiantes sobre la escalinata de un edificio monumental. Aunque no era muy nítida, podía distinguirse una hilera de curas en primera fila, pero nada indicaba que se tratara de un colegio, que era lo más probable, o de otra institución, ni dónde se encontraba.

La imagen acababa de aparecer en el ordenador sin que Mariona hubiese tocado nada. Era la imagen del salvapantallas. Mariona suponía que Castillejo era uno de los niños que aparecían allí, pero era incapaz de decir cuál de ellos. Y lo mismo sucedía con la fotografía del dormitorio. Mariona la miró con atención. Primero señaló a un niño, luego rectificó y señaló a otro, luego a otro y finalmente se dio por vencida.

El ordenador estaba muy bien protegido contra los intrusos, y Mariona, que aunque no era una hacker de primera, sí se manejaba bien con las máquinas, fue incapaz de reventarlo y entrar. No obstante, encontraron algo mejor que las sobrevaloradas entrañas de una computadora. Encontraron una caja de zapatos llena de papeles: títulos académicos, certificados de estudios, méritos docentes, currículos... y tres documentos que a juicio de Cifuentes eran definitivos a la hora de resolver el enigma Castillejo, como lo llamaba él.

Aunque el primero de ellos era una fotocopia sin valor legal, demostraba según Cifuentes la existencia, negada por el juez, de un Claudio Castillejo nacido en 1905.

El segundo era una partida de defunción expedida el 6 de octubre de 1963 por la jueza Brenda Wisinan del estado de Virginia, que certificaba la muerte en ese año de alguien que tenía el mismo nombre que aparecía en la partida de nacimiento, Claudio Castillejo.

El tercer documento era un análisis de sangre de febrero de 2005, poco antes de que Florencio Castillejo se quitara la vida, y varias radiografías de su ce-

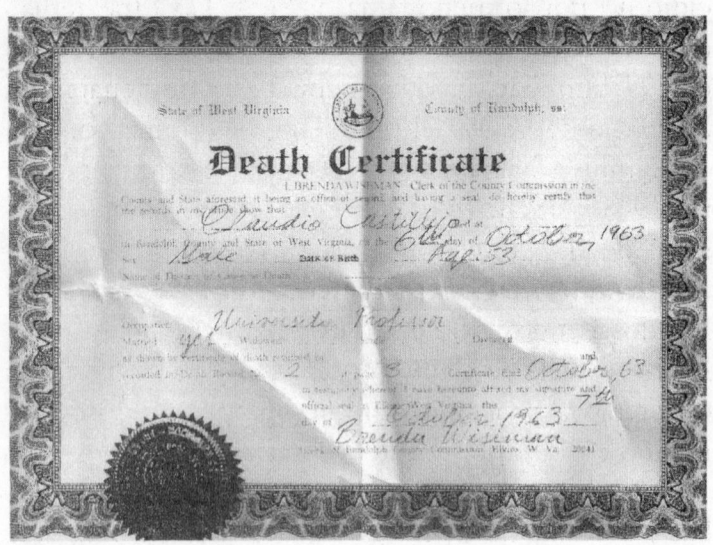

rebro. Cifuentes se había tomado la molestia de visitar al médico que las había prescrito. Dado que el paciente estaba muerto, el doctor Azpeitia no tuvo inconveniente en confirmarle que Florencio Castillejo sufría una esclerosis múltiple maligna, una enfermedad del sistema nervioso central que afectaba al cerebro, al tronco del encéfalo y a la médula espinal. Cuando se suicidó los síntomas apenas se habían manifestado, pero de haber seguido con vida la debilidad muscular, la falta de coordinación, los problemas de equilibrio, la rigidez muscular, el hormigueo, la falta de control de la vejiga, los dolores o la fatiga crónica se hubieran hecho más frecuentes y severos. En pocos meses la enfermedad lo habría postrado en cama, y en menos de un año le hubiera provocado la muerte.

Ahí teníamos, según Cifuentes, la razón de su suicidio. O por lo menos una de ellas. Las otras tenían que ver, seguro, con los Desmoines, y en particular con la humillación que suponía ese homenaje con asistencia del rey y del presidente del Gobierno.

También había un paquete de cartas fechadas entre 1943 y 1963, escritas por hombres y mujeres, alguno de ellos muy conocido, dirigidas todas a Claudio Castillejo en diferentes direcciones de Canadá y Estados Unidos. Había cartas de Américo Castro, de Pedro Salinas, de Camilo José Cela; y hasta una carta de Greta Garbo agradeciéndole algo y negándose a colaborar en un asunto que no precisaba.

Mientras escuchaba a Cifuentes desgranar las pruebas y el resultado de sus averiguaciones, me preguntaba por qué Desmoines había permitido que Castillejo se convirtiera en profesor de la universidad. Sí, ya sabemos que la idoneidad de los candidatos la decide un tribunal compuesto por profesores independientes. Pero también sabemos cómo funcionan estas cosas en España. Un rector con el poder y el apellido de Virgilio podía con bastante facilidad mover hilos y voluntades. No sería la primera vez que entre un candidato brillante y otro incapaz, uno de estos tribunales compuestos por profesores independientes se inclinaba por el segundo. ¿Cómo había conseguido Castillejo burlar la vigilancia de los Desmoines? ¿Se había presentado con nombre falso o los había pillado con la guardia baja? ¿Tanto tiempo había pasado, tan frágil era la memoria de los Desmoines para que se hubieran olvidado de él?

Se me ocurrió que habría sido una buena idea localizar a los miembros del tribunal que había resuelto la plaza de Castillejo, y hablar con ellos. Cuando se lo dije, Cifuentes me miró divertido. ¿Qué me creía yo? Quizás él no sirviese para poner un enchufe, pero sabía perfectamente llevar una investigación: era filólogo, y los filólogos otra cosa no sabrían, pero investigar, investigaban de maravilla. Claro que había buscado a los miembros del tribunal. Les había seguido la pista, y aunque había tardado mucho, finalmente los había encontrado. Se refería a los vocales externos a la universidad. A los internos los había encontrado sin problemas, pero ninguno de ellos evidentemente le había dado mucha información: ni el presidente del tribunal, que había sido Virgilio; ni el secretario, Paco Almendra.

El primer vocal, un tal Jaime Borrell, era catedrático de Griego, y no pudo decirle nada tampoco porque también se había suicidado. Y no era el único muerto. Antonio Javier Ilusión, vocal externo de la Universidad de Ciudad Real, también había fallecido, de cáncer, poco después de que Castillejo ganara su plaza. El otro vocal externo que quedaba por localizar era una vocal. Se llamaba Raquel Medina y era profesora de la Universidad de Oxford, eso decía el expediente de la oposición. A Cifuentes le costó mucho dar con ella. En los registros académicos del Reino Unido no había rastro de aquel nombre. Raquel Medina tampoco aparecía como miembro de la Modern Languages Association, y aunque encontró artículos suyos firmados como profesora del Magdalen College, cuando se puso en contacto con el departamento, la secretaria no supo decirle a ciencia cierta dónde se encontraba. Fue uno de sus colegas, al que Cifuentes conocía de algún congreso, quien le dijo que Raquel Medina llevaba de baja mucho tiempo, y que según sus informaciones se encontraba en Madrid, ingresada en la Clínica del Doctor León.

No me era del todo desconocida a mí la Clínica del Doctor León. De niño viví muy cerca de ella, un poco más arriba, en la calle Sainz de Baranda. Por la noche desde mi casa se oían los alaridos de los locos, sometidos, se decía, a tratamientos infernales. Me acuerdo de sus viejos pabellones de ladrillo, con esa tétrica hiedra encaramándose por sus paredes. La saqué en mi libro *Ventajas de viajar en tren*, aunque situada en el norte del país. Al parecer seguía siendo siniestra. Siniestra y esquiva. Cifuentes había intentado verla por internet antes de ir, pero el Street View de Google no le había dejado ponerse frente a ella. Sólo admitía dos posiciones, a un extremo o a otro de la plaza, como si la clínica quisiera esconderse de las miradas indiscretas.

Por dentro, como suele suceder, no era tan terrorífica. De hecho, a Cifuentes le resultó más acogedora que siniestra. La doctora Guillén, que fue la persona con la que contactó para poder visitar a Raquel Medina, le explicó que la clínica se había fundado en 1917, pero de esa época sólo quedaba un edificio auxiliar. Las inquietantes paredes que yo veía de niño desde la calle pertenecían a la trasera del pabellón central, cuyo interior no tenía nada de inquietante. Para entrar en él había que atravesar un patio soleado donde los enfermos reposaban en sillas de lona, a la sombra de un roble gigante. Allí, entre ellos, leyendo plácidamente, encontró Cifuentes a la profesora Medina.

Su primera impresión fue que aquella mujer no estaba enferma. Al contrario, le pareció que tenía un aspecto robusto y saludable. Sí se notaba en cambio que su semblante risueño había envejecido prematuramente. Le calculó unos cincuenta, aunque su piel estaba muy estropeada y le hacía parecer mayor, casi una anciana. Raquel Medina se levantó, le tendió la mano y cuando la doctora Guillén los dejó solos, Cifuentes le contó quién era y lo que quería.

Raquel Medina lo miró con resquemor, y al principio se negó a hablar de algo que había intentado olvidar durante años y que todavía le perturbaba. Cifuentes insistió y terminó ganándose su confianza cuando le dijo que su intención era escribir un libro sobre Desmoines titulado *The Great Pretender*, en el que además contaría la verdad sobre la universidad española. Entonces ella se echó a reír y le dijo que si contaba la verdad sobre Desmoines y sobre la universidad española, nadie le creería jamás.

–La universidad española, donde yo trabajé mucho tiempo antes de marcharme a Inglaterra, no solo es mediocre y corrupta, es también inverosímil. ¿Nunca se ha parado a pensar por qué apenas se han escrito novelas de campus en español? Yo se lo voy a decir: porque es imposible escribir una novela sobre la universidad española, que sea elegante y además verosímil. *Lucky Jim*, de Kingsley Amis, o *Small World*, de David Lodge, son tan buenas porque la universidad que toman de referencia, la anglosajona, conserva todavía unas formas impecables, aunque por dentro esté consumida por las mismas corruptelas que la de aquí. En la universidad española por el contrario la grosería aparece tal cual, sin los ropajes de la buena educación. Una novela realista, cualquier libro sobre la universidad española, aunque sea un libro de investigación como el suyo, está condenado a convertirse en una astracanada. Los que no conocen el mundillo académico pensarán además que es inverosímil. Haga la prueba. Dele usted a una persona cualquiera el acta de una reunión de departamento, y no sólo pensará que usted se ha inventado ese documento; pensará también que ha perdido la cabeza. Yo por ejemplo nunca imaginé que aquella oposición pudiera resultar polémica. No pensé que pudiera haber discusión. Se presentaban dos candidatos, un catedrático con un volumen de publicaciones impresionante, Florencio Castillejo, y un estudiante recién licenciado que no tenía nada. Nada de nada. No me explicaba cómo le habían dejado presentarse. Echamos un vistazo a los dos expedientes y nos fuimos a cenar a un refinado restaurante que pertenecía a la universidad, invitados por el presidente y el secretario del tribunal.

Raquel Medina había estado antes en otras oposiciones, y nunca se había encontrado con un ambiente tan relajado como aquel. La desigualdad entre los candidatos era tan evidente, que hacía imposible la polémica. Pero a los postres el tono de la reunión varió. Bueno, no es que variara; es que Virgilio de pronto se puso serio y les dijo que el chaval joven que se presentaba era el candidato de la casa. Lo dijo a las bravas, sin ninguna sutileza, e intentó convencerlos de que la universidad necesitaba gente que estuviera empezando y no gente consagrada. Por tanto, lo que había que valorar no era un currículum ya hecho, sino un currículum por hacer. Un *currículum-por-hacer*. Parecía un concepto de Heidegger, pero no; era un concepto de Virgilio Desmoines. El rector intentó que la publicación de libros y artículos se considerara un demérito; intentó convencerlos de que una brillante trayectoria profesional era peor para la universidad que una inexistente trayectoria profesional. Propuso por tanto restar cinco puntos por cada artículo publicado, y diez por cada libro. Veinte, si el libro había tenido éxito o influencia en el estado de la cuestión. La universidad no entendería que aquel tribunal eligiera a Florencio Castillejo.

Raquel Medina se echó a reír, y entonces Almendra, Paco Almendra, el director del Departamento de Lenguas, Literaturas y Ciencias del Conocimiento, que hasta ese momento no había abierto la boca, le preguntó que de qué se reía. Ella le dijo que se reía porque nunca le habían dicho con tanto descaro a quién tenía que votar. Ella sabía que en las oposiciones españolas siempre había un candidato de la casa, pero le parecía un poco obsceno plantearlo de esa manera tan burda. Entonces Almendra le preguntó si también le parecía obsceno y burdo ir a una oposición y ponerse ciega de ostras, que era lo que ellos habían pedido, con el dinero de todos los contribuyentes, en vez de cumplir con su obligación. En ese momento uno de los camareros dejó caer sobre el plato de Raquel una fotografía que les habían hecho al empezar la cena. Estaban todos riéndose, rodeados de marisco. No podía decirse que la foto estuviera trucada, aunque sí un poco retocada. Almendra le dijo que parecía una cerda y que iban a ir con esa foto a la prensa nacional y extranjera. Raquel le dijo que aquello era muy chusco, y le preguntó si no le daba vergüenza, pero Almendra ni siquiera la oyó; de allí no se movería nadie, dijo, hasta que llegaran a un acuerdo sobre el baremo.

Antonio Javier Ilusión le plantó cara, pero Almendra no se inmutó. Se limitó a hacer referencia a un viejo episodio en la vida privada de Ilusión. Un episodio que sólo podía conocer alguien que hubiese investigado a fondo su pasado. Quien más quien menos, todos tenían cosas que ocultar, esa era la tesis de Almendra. A él le parecía que fastidiándose la vida los unos a los otros no se llegaba a ninguna parte.

Indignado por el chantaje, Ilusión se levantó para darle una bofetada, pero enseguida dos camareros se abalanzaron sobre él y lo sacaron de allí. Raquel se quiso poner en pie, pero otro camarero que se había situado a su espalda se lo impidió sujetándola de los hombros. Borrell, el catedrático de Griego, no levantaba la vista del plato. Y los clientes que en ese momento estaban en el restaurante, continuaron cenando como si estuvieran habituados a que los camareros se llevaran en volandas a los clientes.

–De vosotros depende –dijo Almendra cuando se quedaron solos– que terminemos pronto con todo esto y quedemos como buenos amigos o que nos tiremos aquí un montón de tiempo y esta oposición termine en tragedia.

Debía de estar un poco borracho y algo excitado, porque si no, no se explica que en aquellas circunstancias Almendra tuviera el arrojo de descalzarse y meter su pie entre los muslos de Raquel. Lo hizo además en el peor momento, justo cuando ella estaba a punto de lavarse las manos, dejarse de líos, y aceptar aquel disparatado baremo. Él mismo lo estropeó. El tacto repugnante de sus calcetines sintéticos resucitó a Raquel, que subió a la superficie, tomó aire y le cruzó la cara de un sopapo. Aquello no estaba previsto y no había camareros cerca para impedir el bofetón. Almendra lo recibió con deportividad. Primero retiró el pie, y luego, más tranquilo, se lo devolvió. Le pegó un puñetazo tan fuerte que la profesora Medina se cayó de espaldas con silla y todo. Cuando se levantó, aturdida, Borrell y Almendra habían desaparecido; sólo estaba Virgilio.

–Bueno –dijo–, estamos todos muy cansados; mañana será otro día.

Y la llevó al hotel en su coche oficial. Durante el trayecto, Raquel intentó mantener una conversación sensata, intentó hacerle ver que aquello era demencial, que se habían vuelto locos y que ella estaba dispuesta a denunciar todo a la policía. Pero fue inútil; Virgilio negaba que hubiese sucedido lo que ella había visto. Antonio Javier Ilusión simplemente se había sentido fatigado y había preferido retirarse para estar descansado al día siguiente, que iba a ser un día muy, muy duro. Y lo hacía bien Virgilio; realmente parecía sorprendido por lo que él consideraba un simpático espejismo producido por el vino.

–Tienes que intentar moderarte –le decía a Raquel–. Tiene razón el profesor Almendra, te has hinchado a ostras. Igual te has intoxicado. Tienes una marca roja en la cara.

El portero del hotel, que también pertenecía a la universidad, la acompañó, cosa inusual en los porteros de noche, hasta su habitación. Raquel no tardó en comprender el motivo. Una vez dentro, oyó cómo el conserje cerraba la puerta por fuera. En la habitación no había teléfono y el móvil no tenía cobertura. En la televisión sólo podía sintonizarse la cadena universitaria, que emitía un infinito discurso del rector.

–... *nuestra Facultad de Medicina es el hospital de la universidad. Está dotado con los últimos avances en todas las especialidades. Gracias a Ciencias de la Información, tenemos nuestro propio periódico y emisoras de radio y televisión. La Escuela Superior de Hostelería y Turismo se encarga de mantener activos los dos hoteles del campus, uno de lujo y otro más modesto, tipo residencia. La Facultad de Gastronomía gestiona uno de los mejores restaurantes de Madrid; aquí practican los futuros chefs con productos de primera calidad, frutas y verduras cultivados por el Departamento de Ciencias Medioambientales y carnes vigiladas por el Departamento de Biología y Veterinaria. Tenemos nuestro propio Instituto de Meteorología y nuestro pequeño aeropuerto con prototipos diseñados por los doctorandos de la Facultad de Ingeniería Aeronáutica. La Facultad de Informática ha logrado desarrollar una red independiente de comunicación interna, y la Facultad de Económicas, donde trabajan los mismos analistas financieros que se rifan los grandes bancos y las multinacionales, gestiona nuestra cartera de valores. Ya no necesitamos a la sociedad. Hemos alcanzado el objetivo que me marqué al comienzo de mi mandato: la independencia económica absoluta, es decir, la autonomía universitaria real...*

Raquel apagó la tele. Tenía que llamar a casa y hablar con su marido, necesitaba un apoyo real en todo aquel delirio. Tenía que escapar. Probó por el balcón. Estaba cerrado, pero el ventanuco del baño, que daba a un patio interior, estaba abierto. La habitación se encontraba en la tercera planta, de modo que anudando sábanas, colchas, toallas y cortinas, pudo descolgarse hasta el suelo. El patio tenía una puerta, que estaba abierta y que daba a la escalera de emergencia. Bajó al aparcamiento subterráneo, y de ahí salió a la calle. Afortunadamente, no habían previsto esa huida y no habían colocado a nadie en aquel punto. Pero el móvil seguía sin cobertura. Sabía que el hotel pertenecía a la universidad, y que la universidad se encontraba a las afueras de Madrid. Caminó por las avenidas desiertas del campus hasta encontrar la salida, y siguió las indicaciones hacia el centro. Era una noche sin luna, y había que caminar con cuidado. Confiaba en recuperar la cobertura del móvil en cuanto se alejara del campus; estaba segura de que habían instalado un inhibidor de ondas o algo así. Pero no. Una hora después, ya lejos de la universidad, seguía sin cobertura, por lo que empezó a sospechar que el problema estaba en el propio teléfono. Lo habían anulado.

Siguió caminando sin saber con exactitud adónde se dirigía. A lo lejos apareció la lucecita verde de un taxi. Levantó la mano y el taxi se detuvo. Le pidió que la llevara a una cabina de teléfono. El taxista la miró extrañado por el espejo retrovisor, y sin decir una palabra le tendió su móvil.

Aunque lo intentó varias veces, no logró llamar. Por alguna razón que no entendía el teléfono del taxista tampoco tenía cobertura.

–Sí, a veces pasa –se limitó a decir.

En la comisaría Raquel explicó atropelladamente todo lo que había sucedido desde su llegada a Madrid hasta las llamadas del taxi. El agente la escuchaba con interés, tomaba nota de todo lo que ella decía y al final le preguntó si quería interponer una denuncia. Raquel dijo que sí, que quería denunciar a la universidad, al rector y al director del departamento. El agente redactó el documento, luego ella lo leyó y estampó su firma. Le pidieron que esperara en una silla. Y esperando, esperando, se quedó dormida. Y durmiendo, durmiendo, pasó la noche.

A la mañana siguiente, cuando abrió los ojos, lo primero que vio ante ella fue el rostro sonriente de Virgilio.

–Buenos días, Raquel, ¿lista para resolver la oposición? –le preguntó.

Estaba fresco y sonriente. Recién duchado. Olía a loción para después del afeitado. Ella en cambio se sentía pegajosa. Estaba segura de que le habían suministrado un somnífero. Necesitaba lavarse, pero no había tiempo para duchas. Virgilio se comportaba como si recoger a una catedrática de Oxford en la celda de una comisaría madrileña después de haberla dejado encerrada en la habitación de su hotel fuera parte de su trabajo, un trabajo rutinario y carente de interés, que él trataba de desempeñar con el mejor ánimo posible.

Durante el trayecto entre la comisaría y la universidad Virgilio no hizo ni una sola referencia a lo que estaba sucediendo; repetía los mismos chascarrillos del día anterior, las mismas anécdotas, los mismos chistes. A Raquel la primera vez que los oyó le parecieron graciosos, pero escucharlos de nuevo le produjo terror.

El campus estaba vacío. El edificio donde entraron, también. Virgilio le dijo que era el rectorado. Le explicó que se alzaba sobre los restos de una antigua mezquita. Había sido restaurado con delicadeza, intentando recuperar su primitiva atmósfera de sosiego y religiosidad, e incorporando al mismo tiempo los últimos avances de la robótica. Era un edificio inteligente que controlaba su propia temperatura, girando imperceptiblemente sobre una gigantesca plataforma. Podía buscar el sol o protegerse de él según la época del año y la hora del día. Para costear las obras había sido necesaria la contribución de toda la comunidad universitaria. El Personal de Administración y Servicios y el Personal Docente e Investigador habían renunciado a las ayudas sociales; y los becarios, a una parte de su asignación mensual. Los sindicatos mayoritarios habían guardado silencio porque el local que les habían reservado dentro del rectorado merecía desde luego el sacrificio. Entre todos lo habían conseguido. El edificio conservaba la estructura original, una planta cuadrada con pórticos en los que se habían integrado con habilidad despachos y dependencias administrativas. El agua fluía de una fuente situada en el centro y su sonido era amplificado por la excelente acústica del espacio. En el lado más oriental se había reconstruido un iwan, un amplio portal con la parte frontal abierta por un arco inscrito en un rectángulo, que estaba flanqueado por dos alminares desde los que se dominaba todo el campus.

Allí todo adquiría grandeza y solemnidad. Los pasos sigilosos retumbaban como pisadas de gigante y las personas, incluso las más insignificantes y mezquinas, parecían revestidas de una respetabilidad que no tenían en el exterior del edificio. Era curioso: la primera vez que uno entraba en el rectorado se sentía intimidado por la belleza y la perfección de sus bóvedas. Un aire de solemne gravedad lo impregnaba todo y provocaba en el recién llegado una actitud de recogimiento y humildad que facilitaba el sometimiento de su voluntad a la de quienes allí trabajaban. Pero todo esto era pasajero. El visitante no tardaba en perderle el respeto al edificio y sobre todo a las gentes que lo habitaban.

En la parte de atrás estaba el despacho del rector. Alrededor de una mesa chapada en caoba se sentaban Borrell y el pobre Antonio Javier Ilusión con la cabeza vencida hacia delante. Al sentir que entraba alguien trató de levantarla. Tenía los párpados morados, monstruosamente inflamados. Había perdido dientes y le colgaba de la nariz un hilito de sangre.

El plan era dejarlos que reflexionaran en libertad y sin presiones de ningún tipo. Allí, sobre la mesa, el presidente y el secretario iban a dejar el impreso oficial para que ellos estamparan la firma bajo el nombre del candidato que consideraran más idóneo. Virgilio y Almendra ya lo habían hecho. Pero no querían presionarlos más, los dejaban tranquilos. Cuando se hubiesen decidido, que los buscase el profesor Borrell, que ellos estarían de aquí para allá, en alguna dependencia del rectorado.

Y estaban a punto de salir cuando Raquel sintió un dolor muy intenso en la sien derecha. Supo que algo se le había descompuesto en el cerebro, algún capilar había reventado, alguna glándula segregaba lo que no debía. De repente sintió que no podía mover la parte izquierda del cuerpo. Y lo dijo:

–No puedo mover la parte izquierda de mi cuerpo.

Virgilio no la entendía.

–Raquel, no pronuncias bien, ¿qué te pasa? ¿Quieres que llamemos a una ambulancia?

–Que no puedo mover la parte izquierda de mi cuerpo –logró decir con mayor claridad.

–Pero tú eres diestra, ¿no?

–Sí.

–¡Qué susto me has dado!

Y se marcharon.

Allí se quedaron Ilusión, medio muerto; Raquel medio paralizada, y Borrell paralizado por completo. No movía un músculo el catedrático de Griego. Esto y el hecho de ser un profesor de la casa, el encargado de avisar a Virgilio y a Almendra cuando la resolución estuviera firmada, lo hacían sospechoso. Raquel estaba segura de que era un infiltrado; el policía bueno, cuyo cometido era vigilarlos. Pero Borrell lo negó.

–No –dijo–, yo estoy tan aterrado como vosotros. Más, si cabe, porque vosotros os marcháis, pero yo me quedo aquí. Ahora bien, esto es intolerable. No sabía que Virgilio fuera así, no conocía esta faceta suya. Aquí todos lo tenemos por un rector modélico de apellido ilustre, un hombre generoso y cabal al servicio de la universidad. Cuando me propuso formar parte de este tribunal acepté de inmediato. Era un honor que Virgilio Desmoines se acordara de un pobre catedrático de Griego. Pero esto... esto es intolerable, y yo no voy a colaborar en este disparate, me cueste lo que me cueste.

Temblando como un pajarillo, Borrell cogió el impreso oficial y firmó bajo el nombre de FLORENCIO CASTILLEJO LYNCH. Se lo pasó a Raquel, que, envalentonada por su actitud, también firmó bajo el nombre de Castillejo. A continuación Raquel se acercó al profesor Ilusión y le explicó al oído lo que habían hecho. Ilusión extendió la mano, Raquel le tendió un bolígrafo y con un esfuerzo sobrehumano el pobre Antonio Javier estampó su firma junto a la de sus compañeros. Borrell cogió la resolución y salió de la sala de juntas a toda prisa para pasarla cuanto antes por el Registro.

Es curioso –pero al mismo tiempo, si se mira bien, también es lógico– que en una institución tan primitiva como la universidad, donde el temor de la ley prácticamente ha desaparecido, se tenga tanto respeto, un respeto casi supersticioso, al sello del Registro General. Pero así es. Pasada la resolución por el Registro, la selección de Castillejo se había consumado.

–Ahora tenéis que escapar –dijo Borrell al regresar a la sala–, tenéis que escapar de aquí ya.

Por un montacargas interno los condujo al parking del edificio. Una vez allí le tendió a Raquel las llaves de su coche, que era automático, y que le permitiría conducir sin usar el pie izquierdo. Si no aceleraba demasiado y no gastaba mucho gasoil, haría al menos quinientos kilómetros porque tenía el depósito lleno. Él ya se las arreglaría; al fin y al cabo conocía la casa. Les pidió que no se preocuparan por él. Ayudó al profesor Ilusión a tumbarse en el asiento trasero, y le dio un abrazo a Raquel, que se largó de allí para siempre.

Evidentemente Raquel Medina estaba loca, le hubiera dado a Cifuentes la impresión que le hubiese dado. Su testimonio no estaba mal como ejercicio literario, pero ni era verosímil ni apoyaba la versión de Florencio Castillejo. Cifuentes, por su parte, reconocía que las palabras de Raquel Medina eran increíbles. Pero precisamente por eso él pensaba que todo lo que le había contado aquella mujer era verdad. En cuanto a la segunda objeción, Cifuentes también estaba de acuerdo: aquello no corroboraba nada de lo que Florencio Castillejo había dicho sobre Augusto Desmoines. Demostraba si acaso que Virgilio era un hijo de puta, pero eso según Cifuentes ya lo sabíamos nosotros.

Si lo de Raquel Medina era verdad, la única conclusión posible era que nuestra universidad había sufrido desde la República hasta nuestros días un proceso de degradación moral y académica del que era imposible recuperarse. Pero nada más. Cifuentes estaba de acuerdo en que el testimonio de Raquel Medina, aunque era escalofriante, no aportaba ninguna prueba definitiva contra Desmoines. Él, Cifuentes, nunca habría venido a verme con este cuento, me confesó, si no hubiese encontrado algo más.

Y lo había encontrado.

Hacía una semana había tenido que coger un avión muy temprano. Como a él le gustaba prepararse sin agobios, había saltado de la cama a las siete en punto, se había dado una ducha y había desayunado sin prisa. A las ocho ya iba en el taxi, camino del aeropuerto.

—¿Por dónde quiere que vayamos? —le había preguntado el taxista.

—Por donde menos se tarde —había respondido él, y se había desentendido de la ruta.

Iba mirando por la ventanilla, pero mirando sin ver; con la vista desenfocada, sumido en un estado de plácida relajación cuando de pronto lo vio, o le pareció verlo.

—¡Alto! —gritó.

El taxista se asustó y detuvo el coche un poco más allá.

Estaban en una carretera secundaria, en pleno campo. A lo lejos se veía Madrid, eso era lo único que Cifuentes podía decir. Debía de haberse dormido en algún momento, porque no recordaba haber salido de la autopista. El taxista parecía azorado.

–Caballero, la carretera de Barcelona estaba atascada por un accidente. Yo le he preguntado si no le importaba dar un rodeo por Barajas y usted me ha dicho que no.

–Dé media vuelta, por favor.

–¿Quiere que vayamos por la autopista?

–No. Quiero que dé media vuelta, que deshaga el camino y que vaya muy despacio.

El taxista pensó lógicamente que Cifuentes estaba loco o que lo iba a atracar.

–Tranquilo –le dijo Cifuentes–. Ni estoy loco ni le voy a atracar. Simplemente me ha parecido ver algo que llevo mucho tiempo buscando, y como no sé si lo he visto o si lo he imaginado, quiero comprobarlo. Eso es todo. Por favor, dé la vuelta y vaya despacio.

Se habían detenido al salir de una alameda. Al volver sobre sus pasos, la arboleda había quedado un poco más adelante, justo donde la carretera iniciaba un suave descenso para luego volver a ascender. A mitad de la subida Cifuentes le pidió que se detuviera y se apeó del taxi. Ascendió mirando a ambos lados, y al llegar arriba lo vio. A unos quinientos metros, en medio de la nada, se levantaba lo que parecía ser el edificio monumental que había visto en el salvapantallas de Castillejo.

Como llevaba las fotografías digitalizadas en el teléfono móvil, echó un vistazo a la que le interesaba. Sí, estaba prácticamente seguro de que se encontraba en el mismo lugar.

Dice me sentía eufórico, Antonio. Siempre me ha parecido buena señal que el azar colabore con la razón en la búsqueda de la verdad. Cuando esto sucede me siento como las aves, que buscan y encuentran esas invisibles corrientes de aire que las transportan de continente a continente sin que tengan que mover una pluma.

Para llegar al edificio había que salir por un desvío que encontraron más adelante. El cartel que lo señalaba decía: Colegio Nuestra Señora de Retamar. Tomaron una carretera aún más estrecha, que los condujo a la entrada principal. Cuando se detuvieron al pie de una escalinata, Cifuentes ya no tuvo ninguna duda. Allí estaba aquel majestuoso pórtico que tantas veces había contemplado, convencido de que allí estaba la clave de todo. Le pidió al taxista que lo esperase, tardara lo que tardase; subió las escaleras donde alguna vez posaron los curas y los niños de la foto y entró en el edificio.

Lo recibió un fraile cejijunto y malencarado. Cifuentes le explicó lo que quería. Él era escritor y estaba trabajando en la biografía de un profesor universitario que acababa de morir. Tenía todos los materiales, pero le faltaba un pequeño detalle. Quería saber si Florencio Castillejo Lynch, que así se llamaba el sujeto de su biografía, había sido alumno de ese colegio en la década de los cuarenta. Él conservaba una foto que así parecía demostrarlo, pero no tenía más. Cifuentes buscó el móvil para enseñarle la imagen en la pantalla, pero el fraile no tenía ningún interés en verla. Cogió el teléfono y habló con alguien.

–Soy Silvestre, tengo aquí a un señor que quiere echar un vistazo a los archivos, está buscando a un antiguo alumno, ¿qué le digo?

Escuchó, colgó y le pidió a Cifuentes que lo acompañara. Salieron de la portería a un amplio vestíbulo del que partía una escalera, y subieron al primer piso. Las baldosas del suelo, la pintura de las paredes y las maderas de la carpintería indicaban que el colegio había conocido tiempos mejores. Los materiales habían sido de primera, pero ya estaban desgastados y obsoletos. Una reforma integral de aquel edificio debía de costar una fortuna. Todo estaba desierto y silencioso. Era Semana Santa y aquellos inmensos espacios, que en periodo lectivo debían de estar abarrotados de niños, se encontraban entonces vacíos y desangelados. Parecía un edificio fantasma.

El hermano Silvestre lo condujo por un pasillo hasta lo que parecía ser la secretaría, una estancia luminosa vestida únicamente con estanterías cargadas de archivadores, carpetas y legajos. Allí trabajaba otro fraile que se puso en pie al verlos entrar. Se llamaba Walter, tenía acento chileno, y a Cifuentes le pareció más abierto y receptivo que Silvestre. Cuando le contó lo que quería, Walter meneó la cabeza y le dijo que no iba a poder ayudarlo. Aunque estaban digitalizando todos los archivos, aún no habían llegado a los años cuarenta.

Entonces a Cifuentes se le ocurrió enseñarle la foto que Castillejo tenía en su dormitorio. La buscó en su teléfono móvil y se la mostró. Walter la miró con interés y soltó una carcajada. Claro que conocía al cura que estaba con aquellos muchachos. No sólo lo conocía, sino que podía presentárselo en ese mismo momento si lo deseaba.

Cifuentes lo deseaba. Walter lo tomó del brazo y lo condujo por un intrincado pasillo hasta la zona donde estaban las dependencias privadas. El hermano de la foto se llamaba Asterio, le dijo Walter por el camino, y tenía más de cien años. Prácticamente no salía de su celda, pero conservaba una memoria prodigiosa, y para ciertas cosas era mucho más útil que los archivos.

Se detuvieron frente a una puerta. Walter le indicó que esperara fuera y, después de llamar con los nudillos, entró. Unos minutos después la puerta volvió a abrirse, y Walter le hizo un gesto para que pasara. La celda era una pequeña habitación con una mesa, una silla y una cama a los pies de un enorme crucifijo donde se encontraba, incorporado con unos almohadones en la espalda, el hermano Asterio. El cuarto estaba casi en penumbra, iluminado tan solo por la claridad que dejaba pasar un pequeño ventanuco situado a su izquierda. Parecía un cañón de luz iluminando un escenario.

El hermano Walter hizo las presentaciones y los dejó solos. Cifuentes lo miró mejor y lo reconoció por la sonrisa. El viejo que lo miraba desde la cama conservaba el mismo gesto risueño que el joven de la foto. Estaba arrugadísimo, no tenía dientes, pero sí unos ojos vivísimos y chispeantes. Al principio Cifuentes pensó que aquellos ojos demostraban que el espíritu puede seguir siendo joven aunque el cuerpo envejezca. Pero enseguida se dio cuenta de que todo eso eran paparruchas. Asterio tenía esos ojos porque iba ciego de canutos. Fumaba porros sin parar. Decía que era marihuana terapéutica, pero que estaba riquísima. La cultivaban allí mismo, en el huerto, y él se encargaba de secarla.

Cuando Cifuentes le enseñó la foto y le preguntó si alguno de esos niños era Florencio Castillejo Lynch, Asterio puso sin vacilar su artrítico índice sobre una de las cabezas.

–¿Lo reconoce?

–Claro que lo reconozco. ¿Qué ha sido de él?

Y Cifuentes le contó su triste final en la universidad.

Asterio lo escuchó en silencio, y cuando Cifuentes terminó de hablar, él se quedó así, con la mirada perdida, como se quedan los que están fumados.

–Pobre diablo.

–¿Usted le dio clase?

–Sí, hace muchos años.

–Florencio vivía en Estados Unidos, ganaba bastante dinero y estaba a punto de jubilarse. Pero un día lo dejó todo y se vino a la universidad, a cobrar menos de la mitad de su sueldo. ¿Se le ocurre a usted, Asterio, alguna razón que explicara por qué hizo eso? ¿Sabe usted qué había aquí que lo atrajera tanto?

Asterio no contestó de inmediato. De una bolsita de plástico con autocierre sacó una pizca de picadura vegetal, la extendió en un papelillo, lo lió y se lo puso en los labios. Se buscó el mechero en los bolsillos de la chaqueta del pijama, acercó la llama al canuto y dio una calada que casi consumió medio porro. Mantuvo el humo en los pulmones unos segundos y lo expulsó con deleite. Y tras este ceremonial, que se repitió varias veces a lo largo de la conversación, Asterio empezó a contar.

Florencio Castillejo Lynch era hijo de Claudio Castillejo y de una estadounidense que se llamaba Isabelle Lynch. Se conocieron en Estados Unidos, en un viaje que hizo Claudio Castillejo por toda la costa este después de que el Ministerio de Instrucción de la República le encargara remozar completamente la universidad española. Al año siguiente se casaron y ella se vino a vivir a España. Era 1935. Ese mismo año se fundó la universidad con la idea de que sirviera de modelo para todas las que se abrieran en el futuro. El ministerio quería que Castillejo fuera el primer rector, pero él prefirió seguir en su cátedra y propuso en su lugar a un joven discípulo suyo, Augusto Desmoines, que entonces ya era el catedrático más joven de España, y que se convirtió así en el primer rector de la universidad.

Curiosamente, a partir de ese momento la relación entre Claudio Castillejo y su discípulo Augusto Desmoines, que siempre había sido excelente, empezó a deteriorarse. No fue sólo la política lo que los distanció; fueron más cosas. Según Asterio también hubo líos de faldas. Augusto Desmoines estaba perdidamente enamorado de Isabelle («encoñado con Isabelle», dijo Asterio). Cuando estalló la guerra, Augusto dimitió como rector. Él simpatizaba con el golpe. Parece ser que lo encarcelaron y parece ser que fue su maestro Castillejo quien intercedió para que lo liberaran.

Aquel período fue muy confuso. Cuando se investiga, siempre se encuentra una versión de los hechos y su contraria. Nunca sabes a qué carta quedarte. Cuando cayó Madrid, Augusto Desmoines volvió a ser nombrado rector. Y lo primero que hizo fue elaborar una lista de colegas a los que había que fusilar. Encabezaba esa lista su mentor, Claudio Castillejo.

Asterio no supo decir si lo fusilaron y, de haber sido así, cuándo lo hicieron. Cifuentes calculaba que si lo habían matado, lo debieron de hacer a principios de 1940. Pero no había datos, no había papeles, no había fichas. Augusto Desmoines había ordenado eliminar todo documento que probara la existencia de Claudio Castillejo. Matarlo había sido solo un pequeño detalle en esta aniquilación total. En realidad lo que Desmoines quería era corregir un error de la naturaleza, una equivocación de la Historia. Y para ello se dedicó durante años a borrar cualquier resto, cualquier documento, cualquier huella del paso de Castillejo por el mundo.

Asterio no encontró explicación a la partida de defunción que Cifuentes había hallado entre los papeles de su hijo. Y tampoco se explicaba de dónde había salido la partida de nacimiento: el original había desaparecido, como habían desaparecido la partida de bautismo, la de matrimonio, su nombramiento por el Ministerio de Instrucción, sus publicaciones, su expediente universitario o sus títulos académicos.

Si a principios de los años cincuenta alguien hubiera buscado una fe de vida de Claudio Castillejo, ya no hubiera encontrado nada. El único cabo suelto, el único que podía demostrar su existencia era el hijo. Así que podemos imaginar la reacción de los Desmoines al ver en 1988 que un tal Florencio Castillejo había firmado aquella oposición. Y también podemos imaginar el alivio que sintieron cuando se colgó. Asterio estaba convencido de que el Niño, así lo llamaba, había venido para vengarse de Desmoines y de los demás.

Después de fusilar a su maestro, Augusto Desmoines cumplió el sueño de acostarse con la viuda, con Isabelle Lynch. Quizás lo hiciera también Almendra padre, pero Asterio no estaba seguro. El viejo fraile había dado clase a los dos Almendra, al padre y al hijo. El padre, Engelberto Almendra, era catedrático de Histología y detestaba a Claudio Castillejo por haber desterrado en el escalafón de la universidad el criterio de rango y antigüedad. Eso había impedido que lo nombraran a él rector de Alcalá de Henares, y desde entonces se la tenía jurada.

Engelberto Almendra era un sinvergüenza. Asterio le contó una anécdota a Cifuentes que retrataba al personaje. Los Almendra tenían una casa de labranza a las afueras de Madrid, donde hoy está el vertedero. La tenían arrendada a una familia que cultivaba la tierra y que les pagaba religiosamente el alquiler. Un día Engelberto Almendra decidió que no quería tener aparceros en aquella casa. Algunas veces le apetecía irse a cazar y no quería que allí hubiera nadie. Se fue al cuartelillo de la Guardia Civil y denunció a la familia. Dijo que no le pagaban el alquiler. Eran los años cuarenta, en plena posguerra. Los aparceros seguramente eran represaliados republicanos. Pero, señor Engelberto, señor Engelberto, le decían en la vista oral, si le pagamos todos los meses lo que nos pide. Y seguramente era cierto, pero no había papeles, no había pruebas, y la familia, los padres y tres niños pequeños, fueron desalojados.

Augusto Desmoines mantuvo durante años a la viuda de Castillejo. A cambio, ella debía estar disponible las veinticuatro horas del día. Así que Desmoines se iba de juerga y al amanecer pasaba por casa de Castillejo, solo o con amigotes, y se la follaba sin importarle que el niño estuviera durmiendo en la habitación de al lado. Por eso Isabelle lo internó en el colegio del hermano Asterio. A Nuestra Señora de Retamar iban entonces los niños bien. Seguramente Isabelle se lo exigió a Desmoines. Y Desmoines debió de aceptar porque así tenía controlado a Florencio, la única prueba de que Castillejo había existido. Precisamente por eso, Isabelle temía que Desmoines eliminara a su hijo cuando se cansara de ella, como un Herodes madrileño. Ideó un plan para que el niño Florencio se marchara a Estados Unidos. Lo mandó de vacaciones con su hermano, y a la mitad del verano ella se murió. O se suicidó, según la versión de Asterio. O la asesinaron, según Cifuentes. En todo caso, Florencio creció allí, en Estados Unidos, hasta que al final de su vida se enteró de la plaza en la universidad que había fundado su padre y decidió venir. Para Asterio no había ninguna duda: el Niño había venido a vengarse.

Según Cifuentes, toda la documentación que él me había enseñado en su apartamento y la actitud de Florencio Castillejo los últimos años de su vida confirmaban esta versión, la versión de la venganza. O de la justicia, para ser más preciso. Porque Florencio Castillejo no había venido a España para cobrarse el ojo por ojo y el diente por diente. Florencio Castillejo no quería venganza; quería que todo el mundo supiera la verdad. Pero cuando perdió la querella contra Desmoines comprendió que eso era imposible, que la Historia estaba escrita para siempre y que todas las fuerzas se habían conjurado para impedir cualquier revisión.

Confieso que mientras Cifuentes hablaba y me relataba su encuentro con Asterio, tuve un *déjà vu*. Lo que Cifuentes me decía que le había contado Asterio ya lo había oído yo antes. En alguna parte había visto ya a aquel franquista malo, malo, malísimo; y a aquel republicano bueno, bueno, buenísimo. Y por supuesto, a la mujer violada y al niño huérfano. Un buen relato de guerra sin mujer violada y sin niño huérfano ni es relato ni es nada.

A Cifuentes le molestaron mis palabras.

Dice o sea que no te lo crees.

Digo pues permíteme que ponga por lo menos en cuarentena el relato de un cura centenario completamente ciego de canutos y que además te cuenta cosas que de ninguna manera pudo saber. ¿Te parece raro que no me lo crea todo a pies juntillas?

Dice lo que me parece raro es que te moleste que en esta historia haya buenos y malos.

Digo yo es que sospecho siempre del maniqueísmo.

Dice da igual que te moleste, Antonio. Tus sospechas son irrelevantes. Nos guste o no, en la historia de la guerra civil hubo buenos y hubo malos. Quizás se ha exagerado la bondad de los buenos y la maldad de los malos. Pero un problema de matiz no puede afectar al fondo de la cuestión. Y el fondo de la cuestión es que en la universidad española hubo profesores justos que fueron machacados por sus propios colegas, por sus discípulos, por verdaderos hijos de puta que se perpetuaron en el poder falsificando la historia. Te recomiendo un libro, *El atroz desmoche*, sobre la universidad española durante la guerra civil. Es un libro que sólo tiene datos contrastados, como los que te gustan a ti, pero te advierto que está lleno de republicanos buenos, buenísimos y de fascistas malos, malísimos, que destrozaron la universidad republicana, saturándola de una mediocridad que no desapareció con la Democracia, sino que fue apuntalada por penenes como Virgilio. Las cosas sucedieron así, te parezca maniqueo o no este relato de los hechos. Y Augusto Desmoines es uno de esos mediocres que medraron aprovechándose de que España era un erial. Sé que es difícil para ti aceptar esto. También lo fue para mí aceptar que nuestro padrino es un impostor. En realidad es un psicópata, un tío que ha husmeado minuciosamente la vida de otro para eliminar del mundo el más mínimo rastro de su existencia. Si no crees al hermano Asterio es porque no quieres, no porque los datos que me dio no coincidan con los documentos que encontré con Mariona en el chalet de Florencio Castillejo.

Digo no todos los datos coinciden con los documentos. ¿Qué me dices de la partida de defunción del estado de Virginia? ¿Dónde la metes? Según Asterio, Claudio Castillejo fue fusilado. Según la partida de defunción murió en Virginia en 1963. Y su propio hijo dice que se escondió en un aljibe. No es todo tan claro como pretendes, Arturo.

Dice te aferras a los detalles, Antonio, y te olvidas de lo esencial. Pero, bueno, es igual; pensé que podía contar contigo para revelar la verdad. Ya veo que me he equivocado. Si yo tuviera tu talento narrativo, me hubiera puesto yo sólo a contar esta historia. Pero me pareció una tontería que pudiendo acceder a ti, no aprovechara tu facilidad para el relato y sobre todo tu nombre. Una historia de Desmoines firmada por mí no es una historia de Desmoines firmada por ti. Lo que siento es haberte hecho perder el tiempo.

Digo no te pongas melodramático, Cifuentes, ni me hagas la pelota. En términos generales tengo tanto interés como tú en *revelar la verdad*. Lo que pasa es que en esta narración encuentro contradicciones, detalles que me hacen desconfiar. Nadie es intrínsecamente bueno ni absolutamente malo. Y no pienses que me has hecho perder el tiempo. Me ha alegrado verte y también, tengo que reconocerlo, has conseguido sembrar la duda en mi recuerdo de Desmoines. Lo único que te pido es tiempo. Déjame pensarlo. Déjame darle unas vueltas. Necesito que toda esta información se vaya posando en mi memoria. Déjame las fotos y los documentos, quiero revisarlos. Y te llamo dentro de un par de semanas.

Pero no hubo llamada. Yo fui aplazando el momento de hacerla y él tampoco pareció echarla en falta, o interpretó mi silencio como falta de interés. Pero no era interés lo que me faltaba entonces, sino tiempo. Después de la Feria del Libro tuve que hacer un par de viajes, uno al Instituto Cervantes de Túnez y otro al de Beirut, y a la vuelta decidí sentarme a terminar dos cuentos que tenía pendientes desde hacía casi un año y que no podía posponer más tiempo. Luego vino el verano y la desbandada general. A la vuelta tampoco encontré ocasión para llamarlo, o no quise encontrarla. Pero eso no significa que me olvidara del asunto. Seguí dándole vueltas y busqué el libro que Cifuentes había citado en nuestra última conversación. Lo leí aprovechando las esperas de un viaje a la City University of New York, donde me habían invitado a dar una conferencia.

El atroz desmoche, de Jaume Claret Miranda, demostraba que el franquismo no había infravalorado la universidad. Todo lo contrario; fue siempre muy consciente de su poder. Sus ideólogos entendieron perfectamente que en la tarea de aniquilar el germen republicano para siempre lo más importante era el complemento circunstancial. Para siempre. Y a ello se aplicaron con ahínco. La enconada persecución que sufrieron los profesores universitarios desafectos al Régimen no fue tanto una consecuencia del odio cuanto el resultado de un proyecto concebido con frialdad: la consolidación de un estado de anemia intelectual que sirviese de profilaxis ante el riesgo de futuras infecciones revolucionarias.

Este minucioso plan contó con la inestimable ayuda de los profesores más mediocres, que vieron en aquella sistemática aniquilación de la excelencia una oportunidad para ocupar cátedras, rectorados, decanatos y ministerios. La sinergia que se produjo entre los depuradores ideológicos y la chusma académica hizo que la universidad franquista fuera durante cuatro décadas una institución fantasma.

Los datos que presentaba Jaume Claret eran abrumadores. Decenas y decenas de brillantes trayectorias científicas truncadas por la envidia y la ignorancia violenta, catedráticos traicionados por algún discípulo resentido, excelentes profesores, investigadores de primera línea arruinados moral y económicamente por la envidia de algún oscuro colega.

A la luz de todas estas historias, relatadas en el libro con nombres y apellidos, se comprendía por qué la situación de la ciencia y de la universidad españolas era paupérrima. Nuestro raquitismo cultural, intelectual y científico no obedecía a un ciego y fatal designio del destino, sino al dictado consciente de quienes ganaron la guerra y a la incompetencia coadyutoria de los políticos que vinieron después.

Al perderse en los primeros años de la Transición la oportunidad de corregir drásticamente esta situación, los jóvenes políticos de la democracia facilitaron al franquismo una de sus últimas victorias: garantizaron que los efectos de ese atroz desmoche llevado a cabo por el Régimen en la universidad perdurarían durante siglos.

El libro me pareció demoledor y su lectura, desasosegante. Una de las primeras cosas que hice al llegar a Nueva York, antes incluso de dar mi conferencia, fue pasar por la Biblioteca Pública en busca de un libro citado por Claret que me había llamado la atención: *Salvador Vila. El rector fusilado en Víznar*, de Mercedes del Amo Hernández. Leí de una sentada la breve biografía de ese joven catedrático de Cultura Árabe e Instituciones Musulmanas, que llegó a ser por accidente rector de la Universidad de Granada, y que a causa de ello fue fusilado en el famoso barranco de Víznar.

La gran cantidad de coincidencias entre los datos de este joven profesor y lo que Asterio le había contado a Cifuentes y que Cifuentes me había contado a mí me dejó pensativo e inquieto. ¿Eran esas coincidencias el simple resultado del modus operandi franquista, idéntico en todos los casos, o había algo más? La pregunta estuvo rondándome todo el día y di la conferencia con la cabeza más puesta en todo aquello que en el tema del que había ido a hablar: *yo*. Yo y mi obra narrativa. Yo y mi lectura de los clásicos. Yo y la literatura contemporánea. *Yo*, un tema que me sabía de memoria y recitaba de corrido. *Yo*, un tema que cada vez me aburría más.

Al término del acto, hubo como suele ser habitual una recepción con miembros de la facultad y estudiantes graduados en la que firmé ejemplares de mis novelas y amplié algunos detalles que por falta de tiempo se habían quedado en el tintero. Todos fueron aquella noche muy amables y elogiosos, una situación que me sigue incomodando, y a la que suelo poner freno yo mismo, cambiando de tema en cuanto puedo, o moderando los panegíricos. Conservo todavía cierto pudor ante el elogio o cierta prudencia. O tal vez sea simplemente superstición, una idea mágica, la idea de que el valor de mi literatura, si es que tiene alguno, se reducirá si se habla mucho de ella.

Aquella noche sin embargo, como mis pensamientos y mis preocupaciones estaban en otro lugar, bajé la guardia y me dejé querer. No sólo no cambiaba de tema cuando alguien venía y me decía que le había gustado mucho mi charla o que le apasionaban mis libros, sino que me recreaba en lo que oía, como el que ha estado mucho tiempo evitando caer en una tentación, y finalmente cede. Total, que lo que hubiera debido ser un disfrute moderado y eutrapélico se convirtió en una orgía de excesos y chof-chof. Aquella noche le di un homenaje a mi ego y le permití un festín de elogios académicos. Me divertía que quienes me habían expulsado de su seno como profesor me reclamaran ahora como novelista.

–Las conferencias de los escritores siempre me han parecido pedantes y fatuas. La tuya, sin embargo, me ha sorprendido. Has explicado las cosas con claridad y sencillez y sobre todo no has dado la impresión de que escribir novelas es la tarea más importante del mundo. Con tus libros me sucede lo mismo, me gustan porque no se toman en serio a sí mismos.

Aunque no era cierto, el comentario me gustó. Su autora, a mi espalda, no era la mujer más atractiva del mundo. Lamento describirla así, pero esa fue la impresión que tuve al volverme. Tenía el pelo color caoba, más bien tirando a rojo, y le eché cincuenta y tantos.

Empezó a hablar de mis novelas, tomándolas en serio; y se notaba que las había leído con atención, porque enunciaba teorías generales que las explicaban e interpretaciones que no me parecieron en absoluto disparatadas. Que me halagaban, vaya. La escuchaba con gusto, sin cerrar los oídos ni contraer los músculos, como hacía otras veces. Para mi sorpresa, confesó haberse excitado con algunos pasajes, en especial con los de corte homosexual, en *Fabulosas narraciones por historias*.

Yo no sabía qué decir. Estaba frente a ella, la escuchaba en silencio, y sentía que aquella primera impresión de fealdad se iba esfumando poco a poco e iba dando paso a una incipiente atracción. Aquella mujer empezaba a gustarme, aunque había algo en su boca que me resultaba desagradable.

–¿Tú crees que el Cid tuvo relaciones homosexuales con su mesnada? –me preguntó de repente.

Digo es algo que no se puede descartar, desde luego.

Dice eso es lo que yo pienso. Me imagino la situación: cientos de hombres, juntos durante meses, en contacto con árabes musulmanes a los que se consideraba subhumanos pero atractivos. Y luego una idea de la homosexualidad que era menos culposa en la Edad Media que en nuestros días... Bueno, como te habrás imaginado, soy profesora aquí, en CUNY, medievalista, y estoy volviendo a leer la épica con las lentes del Male Feminism para encontrar referencias crípticas y veladas a la penetración anal, que es un tema que me obsesiona. Estoy segura de que las hay.

Digo quizás sólo practicaran masturbación y sexo oral, quizás evitaran la penetración.

Dice yo no descarto la penetración, Antonio.

Y se quedó mirándome fijamente.

Dice ¿tú la descartas?

De pronto me pareció una mujer muy atractiva. Hasta su boca empezó a gustarme. Sin darnos cuenta nos habíamos ido quedando solos. La mayoría de los profesores y de los estudiantes graduados se habían ido marchando ya y nos habían dejado en un rincón del lounge, hablando en voz baja para que no nos oyeran las pocas personas que todavía quedaban a nuestro alrededor.

Dice Antonio, me gustaría verte el glande. Hay un aula muy discreta, aquí, al lado. ¿Me lo enseñarías?

Y entonces la reconocí.

Digo tú no serás por casualidad Magdalena Lima-Pintón.

Los ojos se le pusieron como platos. Tenía razón Cifuentes: aquella mujer mudable, que volvía a parecerme horrorosa, daba la impresión de estar chupando una pelota de ping-pong.

Dice sí, ¿me conoces?

Digo he oído hablar de ti. Pero pensaba que estabas en Missouri.

Dice sí, estaba en Missouri, pero el año pasado recibí una oferta de CUNY y me vine. Estaba harta de aquel lugar.

Digo ¿de verdad coleccionas penes de escritores célebres?

Sus ojos se agrandaron aún más.

Dice ¿quién te ha contado tantas cosas de mí?

Digo contéstame tú primero. ¿Es verdad que haces colección de penes?

Dice de penes no. Hago colección de glandes. Sólo

de glandes. Y ahora dime, ¿quién te ha contado tantas cosas de mí?

Digo Arturo Cifuentes.

Al oír el nombre de Arturo Cifuentes el semblante de Magdalena volvió a cambiar. Pero esta vez su gesto no me pareció ni agradable ni repulsivo; me pareció sombrío. La impresión de que estaba chupando una pelota de tenis de mesa se acentuó. Me miraba con cautela, intentando adivinar mi posición.

Dice ¿eres amigo de Arturo Cifuentes?

Digo amigo, amigo no soy. Lo conozco.

Dice Arturo se marchó de Missouri. ¿Lo sabías?

Digo sí. No se sintió muy apoyado por el departamento cuando lo denunciaron por racista.

Dice no lo denunciaron por racista, lo denunciaron por acoso sexual. Si te ha dicho que lo acusaron de racista, te ha mentido. De racista precisamente Cifuentes no tenía un pelo. Un día unos estudiantes abrieron la puerta de su despacho y lo pillaron con una estudiante negra. Colgaron las imágenes en internet. Y luego la chica lo denunció por acoso. Como has visto, no tengo ningún problema con el sexo, pero hay ciertos límites. Aquello se le escapó de las manos a tu amigo y estuvo a punto de salpicarnos a todos, al departamento y a la universidad. Había fotos públicas, todo el mundo las había visto, y había además una denuncia... En fin, no nos dejó alternativa y tuvimos que expulsarlo. Estaba muy salido Cifuentes.

La posibilidad de que Arturo me hubiera mentido acerca de su expulsión extendió irremediablemente una

208

sombra de duda sobre todo lo demás. Si no me había dicho la verdad en eso, también podía haberme engañado en lo de Castillejo. Y suponiendo que no lo hubiera hecho, suponiendo que todo lo que me había contado fuera verdad, ¿qué era realmente lo que le movía a escribir –a que escribiera yo en realidad– un libro sobre el caso Desmoines? ¿Le movía lo mismo a Cifuentes que a Jaume Claret, el autor de *El atroz desmoche*, o que a Mercedes del Amo, la autora de la biografía del catedrático fusilado en Víznar? Empecé a preguntarme si su afán no sería más prosaico y elemental: conseguir una plaza de catedrático y mejorar su posición económica y laboral. Si lo de Castillejo era verdad, amenazar a los Desmoines con un libro como ese podía ser un argumento muy convincente en su intento de conseguir una plaza. ¿Quién mentía, Magdalena o él? Imposible saberlo. Dejarse llevar por la imaginación, aunque fuera controlada, no me pareció entonces la mejor manera de averiguarlo. Pero ceñirse escrupulosamente a lo que percibía con los órganos socialmente aceptados para captar la «realidad» tampoco garantizaba nada.

Al día siguiente me conecté a internet y busqué en la web la Universidad de Missouri. Pinché en la pestaña *Faculty* del Departamento de Biología y Estudios Genéticos y busqué a Lib, pero no la encontré. Lo que faltaba. Lib no estaba en Missouri. ¿Estaba en alguna parte? Hubiera empezado a pensar que Lib era una invención de Cifuentes, si yo no la hubiese conocido en realidad. Aunque la palabra *realidad* escrita por mí no era entonces un concepto muy fiable. Pero sí, sí, estaba prácticamente seguro de haberla padecido en aquellas interminables discusiones del sótano, cuando Cifuentes y ella no me dejaban dormir. Tecleé su nombre y su apellido en Google y añadí para mayor seguridad Fragile X Syndrome.

Menos mal. Allí apareció, en primer lugar. Existía. Lo cual era fantástico, pero no era una sorpresa. La sorpresa era que había dejado Missouri y que llevaba unos años dirigiendo un grupo de investigación en un lugar que yo conocía muy bien, la Fundación Projecto.

El tren que cogí en Penn Station era muy diferente al que tomaba cuando me sometía a la TMS: mucho más moderno y veloz, más confortable. Me vinieron a la memoria, cómo no, aquellos trayectos a deshoras desde Stony Brook hasta Hackensack y de ahí a Teaneck; y también, por supuesto, imaginados o no, reviví el secuestro y la brutal liberación por el ejército de los Estados Unidos.

La estación de Hackensack estaba prácticamente igual que hacía dieciocho años. El trayecto desde allí hasta la Fundación se me hizo mucho más largo que entonces. Tanto, que llegué a preguntarme si no me habría perdido... o algo peor. Pero al girar una esquina, ya en el centro de Teaneck, el edificio de hépsilon apareció ante mí.

Se accedía por el mismo lugar, por la puerta donde había esperado a Makenzie la noche que me detuvieron. El interior del edificio estaba ligeramente cambiado. Habían desplazado, me pareció, la centralita y el puesto de vigilancia hacia la derecha, y habían ampliado la sala de espera. Naturalmente, el vigilante que me atendió no era el mismo. Pregunté por Lib. Di mi nombre para que no le pillara de sorpresa, confiando en que se acordara de él. Me senté un poco inquieto en la sala de espera, y me di cuenta de que hasta ese momento no me había parado a pensar en lo que estaba haciendo. Pero no me dio tiempo a arrepentirme. Lib irrumpió en la sala de espera con una sonrisa que me tranquilizó.

–¡Qué sorpresa tan agradable! ¡El escritor Antonio Orejudo!

Y me dio dos besos. Llevaba una bata blanca, que le daba un aire muy científico. Había envejecido con gracia Lib. La encontré mejorada, y así se lo dije. Nunca fue mi tipo, pero reconozco que las canas que había renunciado a teñir la favorecían. El cabello parcialmente blanco era el signo más llamativo de que el tiempo había pasado. Por lo demás, seguía teniendo un cuerpo más bien regordete y pequitas de niña traviesa.

Le dije lo que se suele decir en estos casos, que había dado una conferencia en CUNY, y que había ido a Teaneck de compras, lo cual era verosímil, porque en New Jersey los impuestos del estado son notablemente más bajos. Me había enterado de que estaba en la Fundación y no había podido resistir la tentación de pasar a saludarla. No quería resultar pesado, pero me encantaría, si ella estuviera libre, invitarla a tomar el lunch.

Estaba libre y aceptó. Subió a dejar la bata y a coger sus cosas y bajó al poco rato vestida de calle y con un poquito de rouge en los labios. Me llevó a Innocent, un restaurante que estaba en la misma manzana y que no existía en mis tiempos. De camino le conté por encima y sin entrar en detalles mi experiencia con la Fundación y le hablé de Makenzie, que ya no trabajaba allí. Con él, por lo visto, también se habían marchado de la Fundación los proyectos sobre TMS. Ahora la mayor parte del dinero se dedicaba al estudio del genoma.

En Innocent el ambiente era cálido, relajado, muy apacible, muy vegetariano y muy juvenil, debía de haber una universidad cerca. Sonaba música de Bach y toda la comida era organic y fair trade. Me pareció un ambiente moderno y doloroso. Doloroso para mí. Todos los clientes parecían salidos del mismo lugar. De otro lugar. Incluso el más discreto tenía algún rasgo (una mosca de barbita bajo el labio inferior, una caída de la camisa, un corte de pelo, un calzado, un aire oriental) que lo hacía *moderno*. Más contemporáneo. Más en la vanguardia de los tiempos que corrían. Mientras aguardábamos en la cola para pedir la comida, vi nuestro reflejo, el reflejo de Lib y mío, en el cristal del mostrador. No encontré en nosotros ningún rasgo peculiar, nada que nos hiciese característicos a otros ojos. Aunque ahora que lo pienso, la verdadera diferencia entre nuestras personas y la del resto era que nosotros éramos viejos.

–He leído todas tus novelas. Las he leído en español, eh. Aunque están traducidas al inglés, las he leído en español. Y me han encantado. La mayoría de los escritores se ha desentendido de las grandes preguntas: quiénes somos, adónde vamos, de dónde venimos. Aunque, si te digo la verdad, casi lo prefiero. Los escritores no están preparados para contestar a estos asuntos, así que es mejor que estas cosas las responda un profesional: un neurobiólogo o un especialista en ADN. Sinceramente, no veo por qué un escritor sin conocimientos de biología de la mente o de tecnología de la información o de neurobiología o de genética o de química de materiales va a estar más preparado que mi hijo para hablar de la naturaleza del mundo y de los seres humanos.

Me hizo gracia esta observación. No estaba completamente de acuerdo, pero no quería discutir sobre literatura, no había ido a Teaneck para eso. Aproveché que lo había mencionado para preguntarle por Edgar. Me dijo que había pasado un período de inestabilidad emocional y de dudas, pero que ya estaba mejor. La relación con su padre, que se había deteriorado al comienzo de la adolescencia, empezaba a mejorar. Últimamente pasaba largas temporadas en España con él.

–Supongo que ya sabes que Arturo y yo nos divorciamos.

Nos habíamos sentado frente a frente. Habíamos

puesto nuestra comida organic y fair trade en una bandejita de material reciclable, y habíamos ocupado una mesa junto a un gran ventanal.

Le dije que sí lo sabía, que me había encontrado con Arturo antes del verano. Yo estaba firmando ejemplares en la Feria del Libro de Madrid cuando él se presentó en la caseta y me saludó. Hacía diecisiete años que no nos veíamos, diecisiete años sin saber nada el uno del otro. Así que nos fuimos a comer y nos pasamos la tarde poniéndonos al día.

Dice así que lo sabes todo.

Digo bueno, no sé si lo sé todo. Todo, todo, creo que no. Sé que os divorciasteis, sé que estabais en Missouri. Y sé que él dimitió de su puesto de profesor porque no se sintió apoyado por nadie cuando lo acusaron de racismo.

Y tensé los músculos, a la espera de que Lib me dijera lo mismo que Magdalena. Pero no lo hizo. Lo que hizo fue bajar los ojos, como si mi frase, que era una invitación a que me contara la verdad, fuera un reproche, una reprobación de su comportamiento.

Dice no me siento orgullosa de lo que sucedió, pero las cosas ocurrieron de ese modo. Yo no las planifiqué. Y nunca le mentí, más allá de las vacilaciones del primer momento. A todos nos gusta estar del lado bueno, pero en este caso tengo que reconocer que no es así. Yo también contribuí con mi comportamiento a la demolición. Porque eso fue lo que le pasó a Arturo, que uno a uno fueron cayendo todos los pilares en los que se asentaba su vida. Cuando quitas la clave de una bóveda, la construcción entera se derrumba. No sé si la clave era yo, si la clave era Edgar o su trabajo, pero el caso es que todo se le vino abajo. Me ha costado mucho aceptar sin culpa que yo también le fallé. No me siento orgullosa de lo que sucedió, pero las cosas ocurrieron de ese modo. Nunca lo mantuve engañado. Me enamoré de otro hombre, una historia tan vieja como la humanidad. Por supuesto, las cosas entre nosotros no marchaban bien. Estos enamoramientos no se producen de la noche a la mañana, y menos en el caso de una mujer; tiene que haber una disposición mental, y yo la tenía. La tenía porque Arturo se había ido desfigurando hasta convertirse en otro individuo, en un extraño, en alguien a quien yo no reconocía. Perdió completamente la fe y el entusiasmo en su trabajo, y luego vino esa acusación.

Digo ¿lo denunciaron por acoso sexual?

Dice ¿por acoso sexual? No. Te aseguro que en los últimos tiempos el sexo no estaba entre las prioridades de Arturo. Lo acusaron de racismo. Por lo que me has dicho, pensé que lo sabías.

Y entonces le conté mi encuentro con la profesora Lima-Pintón y las dudas que sus palabras me habían provocado. No pareció sorprenderle en absoluto que Magdalena me hubiera mentido.

Dice ¿te fotografió la polla?

Digo no. Me lo pidió, pero al final se le fue el santo a cielo.

Dice entonces es que no eres suficientemente célebre para ella.

Magdalena era una mujer enferma. Ciclotímica, narcisista y posesiva, sentía por Arturo una atracción tan intensa como el odio que le provocaba Lib. Si Arturo no hubiera perdido como perdió en los últimos tiempos todo interés por el sexo, ella habría intentado tirárselo. Pero Arturo no estaba para coqueteos. A Lib hacía siglos que no la tocaba. Al principio ella pensó que había dejado de gustarle, pero pronto se dio cuenta de que Arturo había entrado en una depresión general del ánimo y de que lo único que sentía por el mundo, en cualquiera de sus manifestaciones, era desinterés.

Y luego vino lo de Edgar.

Dice no sé si Arturo te ha contado lo que pasó con Edgar.

No, Arturo no me había contado nada; pero yo lo *sabía*.

Sabía que el tamaño de sus genitales había sido determinante. Un compañero de las clases de danza se había quedado impresionado con su pene y le había puesto en contacto con un tal Mel, que tenía una productora cinematográfica. Mel había estudiado Teoría de la Literatura en Cornell, pero lo había dejado todo por el porno. Cuando Edgar llegó a la cafetería del Holiday Inn, donde un año antes había dormido con su padre, Mel ya estaba allí. Se reconocieron sin dificultad. Se estrecharon la mano y se escrutaron. Así que eres tú el famoso superdotado, parecía decirle Mel. Así que eres tú el famoso Mel de las pelis porno, parecía decirle Edgar. Y a continuación empezaron a hablar en estilo directo.

–¿Qué edad tienes? –preguntó Mel.

–Diecinueve.

–Yo no diría que tienes más de diecisiete.

–Pues tengo diecinueve.

–Necesitaré tu ID. Puedo darte la dirección de un buen falsificador de licencias de conducir, pero si me presentas una licencia falsificada será responsabilidad tuya, no mía. Firmarás un documento en el que me eximes de todo. No quiero líos con menores.

–¿Quién es la chica? –preguntó Edgar.

–No ha venido todavía.

–¿Cómo es?

–Oye, Edgar –le dijo Mel mirándolo de una manera que le recordó a su padre–, no harás esto para follar, ¿verdad? Quiero decir que esto se hace porque se necesita dinero, no porque se necesite sexo.

–Yo necesito las dos cosas.

–Está bien, no me cuentes tu vida, por favor. Yo sólo te lo advierto. Si vienes necesitado de sexo, te correrás demasiado pronto, y me retrasarás el rodaje. Perderé dinero. Necesito una hora de metraje para montar un polvo de cinco minutos. Si vienes porque no follas, te correrás al instante. ¿Y sabes qué? Vas a firmar un papel en el que te comprometes a no eyacular antes de una hora. Los gastos que se generen por incumplimiento son cosa tuya.

Alguien los interrumpió.

–¿Mel?

Se volvieron. La chica tenía aproximadamente la misma edad que Edgar. Era alta, aunque no tanto como él, tenía el pelo corto, muy negro, y unos ojos claros que le daban un aspecto general de transparencia.

–Ah, hola, Gabrielle, ya estás aquí.

Mel se puso en pie, recogió sus cosas y los invitó a subir. La habitación ya estaba preparada.

–¿Habitación? –preguntó ella riéndose nerviosa–. Me había imaginado que estas cosas se hacían en un sótano oscuro y tenebroso.

–¿En un sótano? ¡Oh, vamos, Gabrielle, la pornografía está completamente integrada en la sociedad! Hace tiempo que abandonamos los sótanos y la vergüenza. El sexo es la principal fuente de riqueza de este país, después de las armas. Estamos al mismo nivel que la industria del automóvil, en términos de facturación. A veces, en primavera, la superamos. Yo no tengo nada que esconder. Con mis impuestos se financian las autopistas, se construyen hospitales y hago grande a América. No veo por qué voy a esconderme.

–Pues yo pensaba que se rodaba en un plató –dijo Edgar.

–¡¿En un plató?! ¡¿Tú sabes lo que cuesta un plató?! Y sobre todo: ¡¿quién diablos necesita un plató?! La gente quiere ver follando a la vecina de al lado, a la cajera del supermercado, a la profe de baile. No le importa que la calidad de la imagen sea mala. Lo comprende. Bueno, no es que lo comprenda, es que cuanto peor es la filmación, más real parece, y por tanto más aceptación tiene. Las películas bien hechas pasaron a la historia. Ahora lo que la gente demanda son grabaciones caseras. No tiene sentido contratar un equipo de rodaje y cuidar la imagen. La gente no quiere ficción. Nadie quiere ver a dos actores simulando, como se hacía en los setenta. Ahora nos piden documentales, ensayos, personas reales follando de verdad, primera persona. ¿Sabéis qué es la primera persona?

Los chicos asintieron.

—Pues eso es lo que vamos a darles, primera persona.

La habitación era muy luminosa. Edgar no estaba seguro, pero le dio la impresión de que era la misma que había ocupado con su padre cuando llegaron a Columbia. Esa era la cama de matrimonio donde habían dormido. Frente a ella había un trípode y una cámara digital que no parecía muy sofisticada. Sobre la mesa, portafolios con documentos.

—A ver, antes de empezar, vamos a firmar papeles. Esto es una declaración de que sois mayores de edad, esto es para ti, Edgar, un compromiso de no eyaculación antes de una hora, como te he dicho. Y ahora prestadme atención un momento los dos: necesito penetración vaginal, penetración anal, beso negro y terminación en boca. 4000 dólares cada uno. 5000 para ti, Edgar, si terminas con beso blanco. Hay otros lotes, por supuesto. Hacéis menos, pero cobráis menos.

Los dos optaron por el paquete completo.

—A ver, os cuento un poco el guión. Vamos a empezar in medias res. ¿Sabéis qué es *in medias res*?

Los chicos no lo sabían.

—*In medias res* significa *a la mitad*. Vamos a empezar a la mitad. Gabrielle está ya desnuda haciéndote una mamada. Edgar, una cosa: si te desconcentras y notas que te vas a correr, paramos. Me lo dices, y paramos. No quiero que te corras. Quiero filmar el primer cum shot. Eso gusta mucho. Luego no vuelve a salir igual, luego simplemente *mana*. No está mal que *mane*, pero la gente prefiere un cum shot potente. Tú debes de soltar un cum shot soberbio, Edgar, porque eres alto y enjuto. ¿Sabes qué significa *enjuto?*

–Sí, eso sí.

–Bien. Así que si te vas a correr, paramos. ¿Entendido? Cortamos y luego montaré. Bien. Tú se la estás chupando y cuando yo os diga change, os vais aquí a esta parte de la cama. Y aquí tú le comes el coño y el culo, y cuando yo diga change te pones encima de ella y se la metes. Cuando vuelva a decir change te sientas tú en la mesa, Edgar; y tú, Gabrielle, te sientas encima de él. Cuando yo diga change, tú, Gabrielle, te das la vuelta mirando a cámara, y te la vuelves a meter. Luego te apoyas así en el borde de la cama y Edgar te la mete por el culo. Aquí, si no entra, tranquilos, cortamos y ponemos lubricante. Cinco minutos y te corres. Yo cronometraré y te iré indicando el tiempo. Y cuando te vayas a correr, le das a Gabrielle una palmada en el culo. Entonces tú, Gabrielle, te tumbas boca arriba. Quiero la corrida en la lengua y en el interior de la boca. Nada de mariconadas de echarlo en la mejilla. El shot en la boca. Gabrielle: lo mantienes en la boca. Y tú, Edgar, cuando te hayas vaciado, te acercas a ella y la besas con mucha lengua. Quiero que metas la lengua bien metida. Nada de asco; piensa que es tu leche, tío, no la mía. Y tú, Gabrielle, le pasas el semen. Durante el beso blanco haremos fundido en negro. Lo siento, chicos, pero no puedo evitar ciertas veleidades artísticas. ¿Sabéis qué son *veleidades*?

–No.

–Veleidades son inclinaciones naturales. Yo tengo una inclinación natural al arte. Que me dedique a este negocio no significa que haya muerto para la Cultura. ¿Alguna pregunta?

Cuando todo terminó y las puertas del ascensor se abrieron, Gabrielle y Edgar entraron, se volvieron a la vez como si hubieran ensayado esa coreografía para el número final, y permanecieron con la vista al frente y en silencio. A los dos les pareció que el ascensor descendía demasiado lento.

–Me gustaría tomarme un café contigo –se oyó decir Edgar.

–Prefiero irme, si no te importa –contestó Gabrielle.

Y volvieron a quedarse en silencio.

–También ha sido mi primera vez. Y también me duele.

Gabrielle no contestó. Sólo se oía el zumbido de las poleas hidráulicas descendiendo la cabina. Cuando llegaron al lounge, Gabrielle le dijo adiós y desapareció por la puerta giratoria. Edgar salió después, se puso los cascos del iPod, y caminó hacia casa evitando la revisión de las escenas almacenadas en la memoria. Concentró toda su energía en el cheque que acababa de extenderle Mel, y en las puertas de un ascensor imaginario que se abrían y se cerraban.

Y había conseguido ya cercar su pensamiento, cuando un coche se detuvo a su lado. Edgar levantó la vista. Era un destartalado Pontiac Catalina del 75, por lo menos. Lo conducía Gabrielle. Edgar sintió que se le inflamaba el corazón. Se quitó los cascos.

–Hola.

–¿Dónde vives? –le preguntó ella por la ventanilla.

–En Stewart Road.

–Te llevo.

Edgar entró en el Pontiac y se sentó a su lado.

–Gracias.

–Pensé que tendrías coche.

–Ni siquiera tengo carnet.

Gabrielle asintió y no dijo nada. Conducía en silencio.

–¿Es la primera vez que haces esto? –preguntó Edgar.

–Sí, ¿y tú?

–También.

Silencio.

–¿Te he hecho daño? –preguntó Edgar.

–Un poco.

Silencio.

–A ti también te duele, me has dicho, ¿no?

–Bueno, ya se me pasará.

Silencio otra vez.

–¿Por qué lo has hecho?

–Por lo mismo que tú, supongo. Por dinero.

Y más silencio.

Y de pronto Edgar la amó. Sí, la amó en ese momento, repentinamente, y sintió deseos de guardársela en un bolsillo y de llevársela de allí. Era raro, era muy raro todo. Acababan de follar. Bueno, *follar* era una manera elegante, casi puritana, de llamar a lo que habían hecho. Y ahora estaban uno al lado del otro, mirándose de reojo, tímidos, como si se acabaran de conocer. Y lo curioso es que mientras rodaban, él no había advertido lo verdaderamente hermosa que era. Se despidieron con un apretón de manos. Pero este proceso de conversión en mujer hermosa e inolvidable no sólo no se detuvo en la cabeza de Edgar, sino que empezó a crecer y a crecer y a crecer.

Un mes después, Edgar volvió a quedar con Mel en la cafetería del Holiday Inn.

–Has hecho bien volviéndome a llamar –le dijo–. El porno no conoce las crisis. Nosotros estamos siempre en la cresta de la ola económica como los narcotraficantes. Occidente es un nido de adictos y pajilleros. Pero no puedes dormirte en los laureles. Este sector es de un dinamismo brutal. Lo que vale para hoy ya no sirve para mañana. Los adictos al sexo nos marcan un ritmo endiablado de innovación. Nos obligan a estar en alerta perpetua. Al principio les basta con la fotografía de una inocente penetración, pero pronto necesitan que la fotografía se convierta en una imagen en movimiento. Una penetración ya no es suficiente, ahora quieren felaciones que a ser posible terminen en cum shot, algo que con el tiempo también deja de interesarles, y empiezan a buscar escenas más fuertes. Ahora por ejemplo ya no quieren actores, ahora quieren personas amateur, una MILF protagonizando escenas de glory hole, fisting, bondage, abuse o una bukkake multitudinaria. No sé si sabes de qué estoy hablando. En la industria hemos creado una jerigonza para entendidos que resulta ininteligible para el común de los mortales. En eso el porno me recuerda algunas veces a la crítica literaria. ¿Sabes qué es la crítica literaria?

–Más o menos.

–Yo estudié crítica literaria..., pero, bueno, eso es otra historia. Lo que te estaba diciendo es que cuando la imagen de un antebrazo metido en el culo pierde toda connotación erótica o prohibida o transgresora o lo que diablos busquen en esas imágenes, los adictos requieren estímulos más fuertes que provoquen no más excitación, sino la misma, exactamente la misma que les provocó aquella inocente foto de la penetración con la que empezó todo. Y ahí es donde entramos nosotros. Tenemos que estar listos para cubrir esa demanda, cualquier demanda, por brutal o extravagante que sea.

A Edgar aquel Mel tan gesticulero y enfático le recordaba a veces a su propio padre.

–Vengo por otra razón –le dijo.

Mel lo miró con prevención.

–Vengo a ver si me puedes dar la dirección de Gabrielle.

–¿Gabrielle? ¿Quién es Gabrielle?

–La chica con la que rodé.

Mel se tomó unos minutos antes de contestar, como si estuviese buscando la manera menos ofensiva de decírselo. Le caía bien aquel superdotado.

–Escúchame, Edgar, pareces buen tío. Esa chica hizo lo que hizo porque necesitaba dinero, no porque tú le gustaras. Los gritos que daba eran fingidos. Ella no se corrió, ¿me entiendes? No disfrutó con lo que estaba haciendo. Probablemente te tenga asco. No quiere saber más de ti. Quiere olvidar ese episodio de su vida. Necesitaba dinero y lo hizo. Punto. Se relamía con tu semen, la imagen no se te va de la memoria, ¿verdad? Pero eso solo significa que es una actriz estupenda, ojalá vuelva a tener apuros económicos, y se pase por aquí.

–Lo sé, Mel. Quiero su dirección para enviarle flores, sólo eso.

–No voy a dártela, Edgar. Puedes ser un psicópata, un salido. No voy a dártela.

–Por favor, Mel, confía en mí. Sólo quiero enviarle un ramo de flores, de verdad.

Por un momento Mel pareció desconcertado, pero enseguida se recuperó. Lo miró en silencio, como si estuviera recibiendo por telepatía información sobre las verdaderas intenciones de Edgar.

–Está bien –dijo finalmente–. Yo tengo algo que te interesa y tú tienes algo que me interesa a mí. ¿Por qué no hacemos un trato?

A Edgar se le abrió el mundo.

–¿Qué te interesa de mí?

–Tu polla, no te hagas el tonto. Sabes perfectamente que tienes una mina entre las piernas. Mira, yo voy a ir al baño. Y me voy a dejar olvidado aquí, en la barra, mi celular. Yo no tengo oficina. Mi oficina está aquí, en este aparatito. No creo que tarde más de dos minutos. Los teléfonos y las direcciones los guardo aquí. Tú quieres la dirección de Gabrielle Shoreman, si no me equivoco, pero yo no te la voy a dar, porque la base de mi negocio es la confianza. Lo que sí va a suceder es que me voy a dejar olvidado el celular aquí, en la barra. A cambio de ese olvido, quiero que vuelvas a rodar conmigo una peli. Una peli un poco diferente, por la que te voy a pagar el doble.

Y le tendió la mano. Edgar no lo pensó; se la estrechó y el trato quedó cerrado.

En cumplimiento de su parte Mel dejó su celular sobre la barra y se dirigió al baño, pero a mitad de camino se detuvo y se volvió hacia Edgar, que ya se había abalanzado sobre el aparato para mirar la dirección de Gabrielle.

–Si le compras flores a esa chica, compra rosas, por favor, aunque cuesten más caras. No compres claveles ni florilegios. Cómprale rosas y ya solo tendrás que ser encantador para casarte con ella.

Un día alguien le envió a Arturo desde una cuenta anónima un mensaje de correo electrónico con un enlace de internet. En otras circunstancias, Arturo no lo hubiera abierto. En primer lugar por el temor a los virus. Y en segundo lugar porque en aquella época, en pleno desastre de Nela Williams, todos los días recibía anónimos, amenazas, insultos o adhesiones nazis. Pero este mensaje era diferente. El título era *Mira a tu hijo*. Y, claro, lo abrió.

A Lib no le extrañaba que Arturo hubiera sido incapaz de decirme una palabra de todo aquello. Lo de Edgar había sido devastador, y era comprensible que todavía le costara verbalizarlo. Se echaba la culpa de que su hijo hubiera hecho algo que a él le parecía monstruoso e indigno.

Dice Lib: estas cosas a los hombres os duelen más que a las mujeres, debe de ser que nosotras estamos más hechas, más familiarizadas con la humillación sexual.

Por si no tuviera ya suficiente con lo de Nela Williams, Arturo contrató a una empresa de reputación on line para restablecer el buen nombre de Edgar. Lib era más partidaria de que su hijo cargara con las consecuencias de su acto, por duro que fuese, y se negó a colaborar económicamente. La empresa se encargaba de rastrear los vídeos y las fotografías, de eliminarlos y de llevar a los tribunales a los dueños de las páginas web que los colgaban. Pero era difícil hacerlo porque Edgar había firmado un contrato con Mel. Arturo se gastó una fortuna en pleitos y en pagar a la empresa de reputación on line, que le cobraba una mensualidad altísima por rastrear la red periódicamente. Arturo pronto necesitó dinero. Tenía que trabajar, pero en Estados Unidos se le habían cerrado todas las puertas. Afortunadamente le salió lo de Desmoines, pero por lo que Lib sabía, se trataba de un puesto de visitante no muy bien remunerado.

Y otra cosa que no me dijo: Cifuentes había regresado a España con su hijo. Lo habían acordado entre los tres. Decidieron que Edgar se alejara de Missouri y de los círculos en los que se estaba introduciendo. El cambio le había sentado muy bien y ahora estaba muy a gusto y muy centrado. Vivía en España, pero pasaba todas las vacaciones con su madre.

Y poco más. Allí lo dejamos. Me contó que su marido era un compañero del departamento, y yo supuse que era el futuro Premio Nobel, y estuve a punto de preguntarle que si seguía oliendo tan bien. Aún nos dio tiempo a recordar lo mucho que yo llegué a odiarla cuando, acurrucado en mi futón, la oía primero discutir de literatura y luego hacer el amor con Cifuentes en el sótano de Stony Brook. Ya en la calle nos dimos un abrazo, me animó a que siguiera escribiendo, y la vi alejarse hacia el edificio de la Fundación.

La historia –ahora completa– de Cifuentes me conmovió. Me sentí culpable por haber dudado de sus palabras e intenciones y por haber dado crédito, aunque fuera fugaz, a la loca de Magdalena. Me arrepentí de no haberlo llamado, de haber dejado que transcurriera el tiempo, mostrándole así mi desconfianza y dándole a entender que no estaba interesado en escribir ningún libro con él, que yo estaba por encima de eso. Me sentí un poco miserable, como si mi sospecha y mi desentendimiento también hubieran contribuido a derribar lo que quedaba de Cifuentes.

Nada más llegar a España lo llamé. Pero el móvil que me había dado antes del verano estaba desconectado o fuera de cobertura. Lo llamé sin resultado durante todo el día y durante el día siguiente, y a lo largo de esa semana y de la semana que vino después, pero nadie contestó al otro lado.

No me resultó difícil encontrar su correo en la red, así que le puse un mensaje, titulado *The Great Pretender*, en el que justificaba mi silencio y le expresaba mi interés por retomar el proyecto de libro que me había propuesto en la calle Desengaño. Durante semanas esperé una contestación que nunca se produjo. Mi fervor inicial se fue enfriando y al final todo quedó en nada.

Un año después recibí por correo certificado una invitación del rector Virgilio Desmoines para asistir a la solemne apertura del curso 2010-2011, cuya lección inaugural impartiría el catedrático Arturo Cifuentes. *El catedrático Arturo Cifuentes.* Bueno, pensé, por fin lo ha conseguido. Ya es funcionario. Quizás Desmoines fuera un farsante, pero al menos había cumplido su palabra. Dudé si ir o no, pero al final me venció la curiosidad. No sólo quería hablar con Cifuentes; quería también saludar a mis viejos profesores. No había vuelto por la universidad desde que salí de ella hacía ya treinta años, y me apetecía una visita nostálgica.

Me costó reconocer el campus. Los viejos edificios de mi época habían sido remozados, otros habían desaparecido y en su lugar se levantaban facultades de arquitectura vanguardista que convertían aquel paisaje en algo familiar y extraño al mismo tiempo.

El auditorio donde se celebró el acto era nuevo, y me impresionó su lujo. Una gigantesca lámpara de araña colgaba del techo como una joya inverosímil lanzando destellos que competían con el brillo de pulseras y collares. Los prismáticos subían y bajaban del regazo a los ojos en busca de personalidades o de caras conocidas. Profesores de otras universidades, periodistas, políticos y alumnos de todas las titulaciones abarrotaban el patio de butacas. Las mujeres plegaban sus vestidos de gala, los hombres alisábamos nuestras chaquetas, el coro calentaba voces y los músicos afinaban sus instrumentos cuando sonó el primero de los tres avisos. Murmullos de excitación. Movimiento general. Los que estaban fuera entraron apresuradamente en la sala, buscaron su butaca y la ocuparon antes de que sonara el segundo aviso. Los bedeles corrieron entonces las cortinas opacas de terciopelo y cerraron las pesadas puertas de la sala. El rumor de voces se apagó. Tercer timbrazo. La orquesta y el coro se prepararon. Las luces se apagaron y todo el mundo quedó momentáneamente ciego. En el escenario hubo un trasiego de susurros y movimientos apresurados. Luego el silencio fue casi absoluto. Últimos carraspeos. Últimas toses. Uno, dos, tres y cuatro.

Un potente foco de luz iluminó la entrada del auditorio. Una representación de doctores tocados con sus togas y birretes entró en la sala, y con paso solemne se dirigió al escenario por el pasillo central. Tras ellos iba el flamante catedrático Arturo Cifuentes, precedido por Virgilio Desmoines y el Consejo de Gobierno. Una vez en el proscenio, donde ya se encontraban los príncipes de Asturias, cada cual ocupó su lugar, la luz disminuyó de intensidad, se apagaron los últimos ecos del coro y el auditorio volvió a quedarse completamente a oscuras y en silencio. Luego la escena fue adquiriendo una luminosidad onírica, teatral. El príncipe de Asturias abrió la sesión y tomó la palabra el rector, que hizo un balance general del curso anterior, marcó las prioridades del que empezaba y presentó a Cifuentes.

Haber conocido al insigne catedrático de Literatura Española Arturo Cifuentes había sido para Virgilio Desmoines un privilegio. No sólo un privilegio, había sido una experiencia reconfortante en un mundo, el de la universidad, cada vez más deshumanizado. Puso unos cuantos ejemplos, pruebas de la deshumanización de la universidad, y entre ellas deslizó unos cuantos guiños a Cifuentes, una mención a su padre, Augusto Desmoines, que no había podido asistir por motivos de salud, y una crítica a esta época de capitalismo salvaje, dijo, donde el saber se ha convertido en mercancía y en la que se menosprecia lo que no produce beneficios económicos inmediatos.

El rector dibujó a un Arturo Cifuentes humanista, probablemente el último ejemplar de una estirpe que estaba desapareciendo, la estirpe de los que no sólo habían estudiado el Humanismo, sino que también formaban parte de él. Arturo Cifuentes era uno de los últimos hombres que habían acomodado su vida a los principios que tanto admiraba. Arturo Cifuentes había hecho suyas las ideas esenciales del Humanismo: la relación entre felicidad y *aura mediocritas*, la búsqueda de la soledad para conocerse a sí mismo y la fe optimista en el hombre y en sus posibilidades. Arturo

Cifuentes había recuperado el legado de los clásicos, pero no de una forma cosmética, sino interiorizando su ética y su manera de pensar. Arturo Cifuentes era inconformista y crítico, porque ser humanista no consistía solamente en recuperar la obra de esos gigantes a cuyos hombros íbamos encaramados; ser humanista era también una manera de vivir y de ser hombre. Hombre libre e independiente. Frente al poder de la religión, los humanistas habían levantado la cultura civil. Frente al poder, los humanistas habían encarnado entonces y encarnaban hoy todavía la disidencia.

El público asistente cerró esta laudatio con una impresionante salva de aplausos. Cifuentes ocupó entonces el centro del escenario. Un caño de luz cayó sobre él como lo haría el Espíritu Santo.

–Altezas reales, excelentísimo y magnífico señor rector, excelentísimas e ilustrísimas autoridades, claustro de doctores, personal docente e investigador, personal de administración y servicios, señoras y señores, amigos todos: como antiguo alumno de esta universidad es para mí un honor inaugurar, ya como catedrático, el curso 2010-2011, y quiero agradecer en primer lugar al rector, el excelentísimo señor don Virgilio Desmoines, la inmerecida deferencia que ha tenido conmigo, así como vuestra presencia en este acto. Mi lectura tiene por título *Elogio de la gramática*, y dice así:

»La vulgaridad, la ignorancia y la soberbia se han apoderado del mundo. Reconozcamos la victoria de la mediocridad sobre la excelencia. Ninguna época se ha rendido tan fácilmente como la nuestra a ese espejismo de igualdad con que la ramplonería halaga los oídos de los simples. La incultura y la ignorancia han tomado como en un golpe de Estado la vida civil. A consecuencia de ello vivimos una inversión de valores. Lo alto es bajo, lo bajo es alto y los mejores han sido amordazados para que no denuncien con su severidad este carnaval perpetuo. Hoy el solecismo es más prestigioso que la concordancia y los barbarismos se extienden con más facilidad que los términos autóctonos. La inversión de valores es tan radical en nuestros días que una persona que maltrata el idioma diciendo *españoles y españolas* o *presidenta* pasa por ser un demócrata cuando en realidad es un dictador. Un dictador que como todos los sátrapas se hace pasar a sí mismo por un heraldo de la igualdad. Negarse a ir por los estrambóticos caminos que marcan los locutores, los tertulianos, los líderes de opinión, los políticos, los cocineros, los sastres, los periodistas, los atletas y los supuestos intelectuales debe ser una obligación para los verdaderos demócratas, para los ciudadanos comprometidos con la cosa pública. La rebelión gramatical es la única revolución que nos queda. Hoy aquella heroica resistencia contra el fascismo consiste en negarse a hablar como los animadores de los programas de variedades, consiste en evitar las expresiones que imponen los políticos o las series de televisión más populares, y en no repetir jamás los lemas ideados por las agencias de publicidad. Hay que resistir frente a esa dictadura de la vulgaridad que nos iguala a todos por abajo, que nos obliga a expresarnos mal y por lo tanto a pensar con dificultad. La exigencia de usar bien la lengua no es una excentricidad, sino un verdadero compromiso político con la democracia y con los ciudadanos. Defender el buen uso de la lengua es una actitud crítica, una defensa de las personas frente al poder de las corporaciones económicas, una verdadera actitud republicana...

Este fue el tono del discurso, que duró tres cuartos de hora. Al final el público aplaudió con cierto fervor, aunque algunos pasajes no fueron bien entendidos. A la salida hubo enhorabuenas, apretones de manos, fotos, risas y comentarios sobre la lección de Cifuentes. Para unos había sido excelente, para otros había sido provocadora, para unos extemporánea y para otros incomprensible. A Cifuentes le daba igual, lo vi disfrutar siendo el centro de atención, perseguido por los periodistas para que contestara a sus preguntas, y solicitado por los fotógrafos para que posara bajo aquel naranjo, bajo aquel arco o sentado en aquellos escalones con un libro entre las manos; que se vean las manos, por favor. Así.

Aquel hombre no tenía nada que ver con la persona irritada y resentida con la que yo me había reencontrado hacía un año. Me alegró verlo radiante. En cuanto lo dejaron libre se acercó a donde yo estaba hablando con la princesa de Asturias y me dio un abrazo. Luego me tomó de la mano, me llevó a donde estaba Edgar y me presentó como su mejor amigo. Edgar se parecía mucho a Cifuentes en la expresión de la cara, pero era menos alto de lo que yo había imaginado y no tenía nada de enjuto, más bien era un poco gordito, en eso había salido a su madre. Y se había dejado el pelo un poco largo como Cifuentes cuando estudiaba en aquella misma universidad. No me pareció que sufriera ningún tipo de retraso. La mirada, quizás, un poco extraviada. Le pregunté por su vida y él me contestó que trabajaba para Life Without Internet, una organización neohippy que propugnaba la vida al margen de la red. Él estaba al frente de la división española. Lo acompañaba una muchacha irlandesa, dulce y menudita, casi transparente, que había conocido en la organización y que se llamaba Gabrielle. Ella estaba de visita en España y había pasado a visitar a su amigo Edgar.

Le pregunté por su madre, para disimular delante de Cifuentes, y me dijo que Lib se había casado con Joseph Lelous, a quien no acababan de darle el Premio Nobel. Me gustó que fuera irónico. Ahora Lib y Lelous vivían en Nueva York. Habían dejado la enseñanza para dedicarse a la investigación en la Fundación Proyecto, en New Jersey, donde dirigían el Departamento de Estudios Genéticos. Y me dijo algo que Lib no había mencionado durante nuestro encuentro en Teaneck. Su madre había tenido problemas de salud, y por eso había regresado a Nueva York. Le habían detectado un carcinoma, y habían tenido que extirparle el recto.

Cifuentes también quiso que saludara a Virgilio. Me pareció que había entre ellos una camaradería recién estrenada y bastante complicidad. Le pedí a Virgilio que le llevara de mi parte recuerdos a su padre. Me alegró ver a algunos de mis antiguos profesores: Esteban Espadas, que había engordado muchísimo, y Paco Almendra, que tenía todo el pelo blanco. Y saludé también a Mariona –«mi novia», me susurró exultante Arturo–, una mujer simpática y alegre, redondita y con pecas, como Lib, que lo miraba con admiración y cariño. Y es que nada podía desentonar en aquella mañana radiante de septiembre, donde todo era felicidad y armonía alrededor de Cifuentes.

Hubo un almuerzo oficial al que amablemente me invitaron, y fue a los postres, en ese desbarajuste de los cafés y las copas que uno aprovecha para ocupar el asiento en el que hubiera querido sentarse de haber podido elegir, cuando Cifuentes volvió a acercarse a donde yo estaba charlando con la princesa de Asturias.

Como veía yo, me dijo, él ya era catedrático. La sangre finalmente no había llegado al río. Virgilio, Augusto Desmoines y él habían llegado a un acuerdo, y él había decidido motu proprio (insistió en lo de *motu proprio*) no publicar el libro sobre Desmoines. Me acordaba, ¿verdad?, del libro que él quería escribir. Ojo, nadie le había presionado para que renunciase, pero él tampoco era maximalista. Ni en este ni en ningún otro asunto. No sabía si yo había tomado alguna decisión sobre el asunto; pero el hecho de que no lo hubiera llamado en todo este tiempo le había hecho pensar a él que yo tampoco me había decidido a escribir.

Se hacía el tonto, evidentemente; aunque también era posible que no hubiera recibido mi mensaje. En todo caso era él quien se echaba atrás. Me pedía que le devolviera las fotos y los materiales, y me rogaba, en una palabra, que me olvidara de la propuesta.

–Sé lo que estás pensando –añadió–. Sé que estás pensando que me he vendido por una plaza de catedrático. No te lo voy a negar; pero quiero que conozcas el contexto, como diría Ted Confitello, aquel decano que tuve en Missouri. Sabes perfectamente que durante toda mi vida he sido un hombre de principios firmes: esto está bien, esto está mal, esto se debe hacer, esto no se debe hacer. Así he sido yo siempre, y a veces me pregunto de qué me ha servido pelearme tanto con la realidad. Mírame. Soy un ejemplo patético de persona normal y corriente, un cuarentón más: divorciado y con hijo. Y salido, porque estoy muy salido en esta última etapa de mi vida sexual. Debe de ser el canto del cisne, antes del cáncer de próstata. A veces pienso que la firmeza moral es una variante de la vanidad, una manera de sentirse excepcional, de fingir ante ti mismo que, aunque seas un salido y un divorciado con hijo, eres especial. ¿A quién no le gusta sentir que la realidad –fíjate tú, la *realidad* nada menos– choca contra el muro de tu integridad? ¿A quién no le gusta sentir que es el límite de lo real? ¿A quién no le gusta eso, eh, Antonio? Es la voluptuosidad de los mártires. ¿Tú sabes el gusto que da sentirse ejemplar? Bueno, pues se acabó. Por primera vez en mi vida he renunciado a ser íntegro. Pero, ojo, no me malinterpretes: soy muy consciente de que renunciar a ser íntegro es un paso más en el ascético viaje hacia la perfección. ¿Por qué tengo que renunciar yo a la felicidad de los simples? Estoy harto de crearme problemas sólo para poder solucionarlos. Quiero una felicidad más elemental. ¿Quién soy yo para rechazar la mediocridad? ¿Por qué he de mantenerme firme como un faro de honradez en este mar de vileza? Reclamo mi derecho a relajarme, a descansar, a no esperar nada de mí. ¿Sabes la felicidad que da eso, Antonio; no esperar nada de uno mismo? Esta era la última oportunidad que yo tenía de ser un hombre débil, de levantar mi dicha sobre una pequeña renuncia, sobre una pequeña claudicación de orden moral. Era mi última oportunidad, y no la he desaprovechado. Mi felicidad es la felicidad del hombre descansado y exhausto, la felicidad del atleta que tras un esfuerzo sobrehumano, relaja por fin los músculos. Necesitaba esta pequeña transgresión, esta pequeña traición a mis principios. Yo también tengo derecho a envilecerme y a chapotear feliz en la ciénaga. Por favor, Antonio, bendíceme; déjame por una vez ser indulgente conmigo mismo.

Y dicho esto, se inclinó hacia mí, me pellizcó los mofletes y me dio un sonoro beso en los labios.

–Soy feliz, Antonio –me dijo, y se perdió entre los invitados.

Augusto Desmoines murió ese mismo año, poco después de que empezara el curso 2010-2011, el 23 de octubre. Murió mientras dormía, habiendo recibido los Santos Sacramentos, como decía la esquela del *Abc*. Pensé acercarme al tanatorio, pero al final no me decidí. Su silencio a mis envíos y las circunstancias ya conocidas habían disminuido mi apego.

Durante dos días los periódicos le dedicaron todas las páginas de Cultura: necrológicas, balances de su obra y valoraciones de su importancia histórica en la creación de la universidad española moderna. *El País* me pidió que les mandara algo, pero decliné; en parte por el desapego que he mencionado, en parte porque para entonces ya me había metido con una nueva novela, y tengo por norma no aceptar encargos de ningún tipo, ni siquiera necrológicas, en esta primera fase de escritura.

Por cierto: no necesité terminar el primer borrador para darme cuenta de que Raquel Medina tenía razón: cualquier intento de novelar la universidad española acaba en sainete. El mío se titulaba *Aprobados y suspensos*, y trataba de un grupo de filólogos resentidos que se dedicaba a suspender a profesores, periodistas y políticos. Cuando uno de estos *líderes de opinión* cometía un error gramatical, los filólogos resentidos le enviaban un correo electrónico advirtiéndole de que no ensuciara la lengua porque la lengua era de todos. Si alguno de ellos volvía a cometer el error, lo suspendían. Lo suspendían literalmente: se acercaban a su casa, le ponían una soga al cuello y lo colgaban del techo.

Me salió, como digo, una astracanada, un disparate que tiré a la basura, pero que me llevó de una manera natural hacia Cifuentes, a escribir sobre nuestra amistad en la carrera, sobre Desmoines, claro, sobre nuestra vida en Estados Unidos, sobre nuestra separación, sobre nuestro reencuentro en la Feria del Libro y sobre lo que todo esto había dado de sí.

El resultado final no me disgustó, y aunque le había dado mi palabra a Cifuentes de que nunca publicaría nada de lo que habíamos hablado, decidí permitirme yo también un momento de descanso y cometer por primera vez en mi vida una pequeña traición.

MAXI
TUSQUETS
EDITORES

Últimos títulos